마음이 하는
일

마음이 하는
일

오 지 은

위고

서문

마음이 하는 일은 뻔하지만

옛날부터 블로그 읽기를 좋아했다. 대단한 정보나 사건이 담긴 블로그 말고, 그냥 워킹홀리데이를 떠나 도착 날에 편의점에서 무슨 빵과 무슨 음료수를 어떤 기분으로 샀는지를 시시콜콜 적어두는 블로그 말이다. 막막함과 기대가 혼재된 첫날 밤의 포스팅에 그들은 항상 비슷한 말을 써놓는다. '보는 사람도 없겠지만 그래도 그냥 써본다.' (제가 다 봤어요!)

처음 핸드폰과 통장을 만들러 갔을 때의 긴장감, 한동안 살게 될 동네의 특색 없지만 괜히 특별하게 느껴지는 골목, 더 높아 보이는 하늘, 조금씩 생기는 친구, 그들과의 첫 술자리, 들떠 보이는 단체 셀카, 아르바이트 구하기, 일하다 급하게 주방에서 먹는 점심밥(메뉴에 없는 맛있는 게 잔뜩 올라가 있는 덮밥), 조금씩 생기는 단골 가게, 지나가는 길고양이.

누군가의 이런 시간을 보는 것이 즐거웠다. 돈을 주고도 못 보는 글이라고 생각했다. 점점 그쪽의 생활에 적응해서 블로그를 멀리하게 되어 포스팅이 뜸해지고 성의 없어지는 부분까지가 완성이다.

혼자 여행을 떠나 기차에 탔을 때, 아름다운 자연 속을 달리는 것도 좋았지만 어떤 집 담벼락 옆을 천천히 달리면서 바람에 흔들리는 빨래나 햇볕에 널어둔 두툼한 이불, 그리고 날아가지 말라고 가운데에 집어둔 아주 커다란 집게를 보면 나도 모르게 하, 하고 짧은 숨을 뱉었다. 그건 정화였을까. 시스티나 벽화를 본 것도 아니고 고작 누군가의 빨래에.

'에세이'라는 말은 몽테뉴의 『수상록Les Essais』에서 왔다고 한다. 1580년에 나온 이 책을 서양에선 최초의 수필집으로 본다. 2013년에 육문사는 이 책을 내면서 이렇게 소개했다.

인간이 인간답게 살려면 어떻게 살 것인가?
살아 있는 동안 내내 어떻게 살 것인가를

고민한 인류의 영원한 스승 몽테뉴. 자신의
체험에 몰두한 인생의 솔직한 고민을 담았다.

감히 인간이 신에게 모든 걸 바치지 않고 자신의 삶에 집중한 것이 괘씸했는지 바티칸, 즉 로마교황청은 이 책을 300년간이나 금서로 지정했다. 어지간히 싫었나 보다.

동양의 경우에는 남송 시대에 홍매가 쓴 『용재수필容齋隨筆』이 최초의 에세이로 꼽힌다. 홍매는 1123년에 태어났다. '수필'이라는 단어를 최초로 사용한 홍매는 그 장르를 이렇게 설명한다.

생각이 가는 대로 써 내려갔으므로
두서가 없어 수필이라 했다.

수필과 에세이, 그리고 산문이라는 단어에 대한 한국 출판계의 태도는 재미있다(고 생각한다). 나부터가 그렇다. 2015년에 『익숙한 새벽 세시』라는 책을 낼 때 나와 편집부는 '에세이'라는 말을 쓰지 않고 '산문집'이라는 말을 쓰기로 했다. 모두가 어렴풋이 알고 있었다. 그 꼬리표를 말이다. 에세이라고 했을 때 독자들이 책에 갖는 편견, 그리고 산문이라고 했을 때 희석되는 무언가를.

에세이를 읽는 건 시간 낭비라는 말을 가끔 본다. 서사도 없고, 고로 재미도 없고, 일기는 일기장에 썼으면 좋겠고, 오글거리면 더 싫고, 결과적으로 나무에게 미안하고 등등.

미국에는 유명한 도서상이 있다. 전미도서상과 전미도서비평가협회상이다. 전미도서상은 4개의 분야에서 수상작을 뽑는다. 소설, 시, 아동문학, 그리고 논픽션이다. 논픽션 부문의 수상작에 우리가 알 만한 에세이 작품이 많다. 예를 들어 패티 스미스의『저스트 키즈』와 앤드루 솔로몬의『한낮의 우울』등. 전미도서비평가협회상에는 자서전 분야가 있는데 요즘 화제의 책인 캐시 박 홍의『마이너 필링스』가 2020년에 상을 받았다. 리베카 솔닛의『멀고도 가까운』은 두 상의 후보로 동시에 올랐다. 두 책 모두 에세이 장르의 책들이다.

상이 절대적이라고 말하는 것은 아니다. 상에는 구멍이 많다. 하지만 상은 때때로 괜찮은 아카이브가 된다. 계보도 된다. 세상이 무엇을 중요하게 여기는지에 대한 증거도 된다. 아, 돈도 준다. 명예도 조금 준다. 에세이 장르를 한국의 출판계가 어떻게 대하는지를 생각하면 역시 흥미롭다.

한동안 화제에 올랐고 또한 잘 팔렸던 어떤 젊은 여성 작가의 에세이가 있었다. 사실 그런 작품은 항상 있다. 그리고 그런 현상 후에는 '대체 이런 걸 왜 좋아해?' 하고 한 템포 늦게 분석하는 어른들이 있다.

한 시사 프로그램에서도 그 책을 다루었다. '요즘의 가벼운 에세이 현상'에 대한 중년 남성 셋의 토론이었다. 그들은 수필을 둘로 나눴다. 요즘 유행인, 디자인이 예쁘고 제목을 잘 지은, 가벼운 에세이. 그리고 그 반대편에는 대문호나 나이 든 대학교수가 쓴 중수필(!)이 있었다. 이런 토론에는 만드는 당사자 또는 향유하는 소비자 당사자가 있어야 하는 건 아닌가, 하고 항상 생각하지만 어째 그렇게 잘 되지 않는 듯하다. 만드는 사람도 소비하는 사람도 배제된 신기한 토론이다.

그들의 분석에 따르면 이런 에세이가 잘되는 이유는 다음과 같다. '촛불 이후 국가에 대한 관심보다

자신의 소소한 삶에 대한 관심이 더 높아진 탓.' 촛
불과 국가와 소소한 삶. '진짜 중요한 일은 생각하지
도 않고 나약하게 무슨 소리 하고 앉아 있는 거야'라
는 속내.

　대의는 무엇일까. 진짜 중요한 일은 무엇일까.
소소한 삶은 무엇일까. 일단 제쳐둬야 하는 감정은
무엇일까. 무엇을 앞에 둬야 하는지, 더 가치가 있는
지는 누가 정할까. 그 과정에서 무엇이 소거될까.

　에세이는 삶을 직시하지 않으면 쓰지 못한다고
생각한다. 본인의 삶이든, 타인의 삶이든, 우리를 둘
러싼 세상이든, 괴로워도 바라봐야 한다. 도망갈 곳
이 없기 때문이다. 심지어 글로 만들려면 아주 오래
바라봐야 한다. 그래서 에세이는 용감한 문학이라고
생각한다. 시대에 따라 '생각이 가는 대로 써 내려간
글'을 뭐라고 부르든, 그것이 산문이든 수필이든 에
세이든, 글에 담긴 가치는 변하지 않는다. 나는 에세
이라는 장르의 팬으로서 그렇게 생각한다.

　이 책 『마음이 하는 일』은 『씨네21』에 연재한 동
명의 칼럼과 그동안 여러 지면에 써온 글을 바라보

고 다시 쓴 글이다. 마음을 글로 남길 기회를 준, 그리고 '마음이 하는 일'이라는 제목을 만들어준 『씨네21』의 이다혜 기자에게 감사드린다. 마음을 그때그때 공유할 수 있게 글을 청해준 다른 매체의 담당자들께도 감사의 인사를 올린다. 무엇보다 같은 시간대에서 같은 마음으로 공감해주신 독자분들께 가장 큰 감사를 드린다.

마음이 하는 일은 뻔하다. 지나가다 보이는 빨랫감도 뻔하다. 뻔하지만 영원히 잡을 수 없는 것이 마음일지도 모른다. 마음을 잡으려고 이리저리 돌아다니다 생긴 몇 년간의 흔적을 남깁니다.

2022년 5월
오지은

서문

차례

3부

일러두기

• 인명과 지명, 작품명 등 고유명사의 외국어 표기는 '국립국어원 외래어표기법'을 따르되, 관용적인 표기와 동떨어진 경우 절충 하여 실용적 표기를 따랐다.

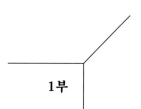

1부

아침 습관

드디어 유튜브의 매력을 알게 되었다. 첫 앨범을 내기 전, 그러니까 약 15년 전에 유튜브에 노래하는 영상을 올려서 그걸로 어쩌고저쩌고했던 나였지만, 그것과 현재의 유튜브를 즐길 수 있는지는 별개였다.

요즘 사람들은 검색할 일이 있으면 포털사이트에 쳐보지 않고 유튜브에서 찾는다고 지인이 말했을 때 그가 잘못된 정보를 들었거나 확대해석을 하고 있다고 생각했다. 영상으로 검색을 한다는 개념 자체를 이해하지 못했다. 아니, 검색이라는 것은 검색어를 검색창에 넣어서 나오는 텍스트를 읽고 파악하는 과정이 아니었나. 원하는 정보를 얻기 위해서 네이버 블로그의 수많은, 그러니까 신나는 토끼, 점프하는 토끼, 난처한 토끼… 여하튼 갖가지 토끼를 보며 스크롤을 빠르게 내리는 게 과정의 핵심 아니었냐고. 영상은 영상이고 텍스트는 텍스트인데 그게 어떻게….

　그의 말은 사실이었다. 세상은 바뀌었고 패러다임도 바뀌었고 사람들은 내가 스크롤을 빠르게 내리듯 영상을 톡톡 건드리며 원하는 구간을 찾는 능력을 이미 갖추고 있었다. 이 개념을 뒤늦게 이해한 나는 인기 있는 콘텐츠를 몇 개 클릭해보았으나 먹방도, 하울 영상도, 일상 브이로그도, 테크 리뷰도 내 취향이 아니었다(강유미의 ASMR은 정말 재미있었지만!).

　하지만 세상은 넓고 어딘가에 분명히 내 취향의 뭐시기는 존재한다. 단지 내가 아직 다다르지 못했을 뿐. 잠이 오지 않던 어느 밤, 우연히 한 채널을 알게 되었다. 일본의 한 잡화점이 운영하는 채널이었는데 그중에서 '나의 아침 습관—모닝 루틴'이라는 시리즈가 눈에 띄었다. 얄궂으면 어쩌지, 자기의 멋진 일상을 자랑하려는 욕망이 화면을 뚫고 나오면 어쩌지, 저 사람이 아침부터 캐비어를 먹으면 어쩌지(의심이 많다). 난 큰 기대 없이 한 중년 여성 편집자의 모닝 루틴을 보기 시작했다.

그는 5시에 일어난다. 밥솥의 취사 버튼을 누르고 한 번 더 잔다. 일어나서 반신욕을 한다. 뜨거운 물속에서 아직 남아 있는 잠의 기운을 기분 좋게 턴다. 나오면서 극세사 행주로 욕조를 바로 닦는다. 커튼을 열고 환기를 한다. 스트레칭은 매일 15분. 어젯밤에 씻어두었던 그릇을 그릇장에 넣는다. 커다랗고 낡은 그릇장 안에 그릇이 가득해서 왠지 보는 내가 기분이 좋아졌다(사실 밥솥 버튼 누르고 한 번 더 주무실 때 이미 좋아졌다). 그리고 수건을 널고 원고 작업을 시작한다. 밤에 졸음을 참으며 작업한 원고는 어차피 아침에 다시 고쳐야 해서, 그냥 아침에 처리하기로 마음먹었다고 했다. 8시에 가볍게 과일을 먹는다. 과일을 입에 넣으며 15분짜리 아침드라마를 본다. 남편이 내려놓은 뜨거운 커피를 들고 다시 작업방으로 들어간다. 그리고 11시 반에 이른 점심을 만든다. 이날은 수프가 메인이었는데 재료는 그냥 냉장고에 있는 채소 이것저것이다. 국물 맛은 무첨가 두유와 미소 된장으로 낸다. 식빵을 한 장 구워 곁들이고, 요거트에는 복숭아 콩포트를 올린다. 그리고 식후에 오는 졸음을 피하기 위해 30분간 청소를 한다. 언젠가 취재를 하다 만난 청소 전문가가

"청소는 어질러지기 전, 깨끗할 때 하는 겁니다"라고 말하는 걸 듣고 충격을 받았다고 한다. 낮 12시가 되고 영상은 끝이 난다.

9분짜리 영상이었다. 말도 많지 않았고, 자막도 많지 않았다. 드라마틱한 일도 없이 그냥 아침 시간을 보낼 뿐이었다. 하지만 신기하게 빠져들었다. 자려고 누웠지만 머릿속이 여전히 시끄러운 밤, 그 시리즈를 하나씩 보기 시작했다. 번역가의 아침 습관, 원고 교정자의 아침 습관, 주부의 아침 습관, 빵집 주인의 아침 습관, 에세이스트의 아침 습관 등.

앞에 적었듯 별다를 것이 없었지만, 동시에 모두가 별달랐다. 사는 것 다 똑같지 뭐, 하고 쉽게 말하지만 자세히 들여다보면 그 삶을 지키기 위해 꼬물대는 방식이 각자 다르고, 각자 빛난다. 누구는 아침마다 화분을 볕이 잘 드는 베란다에 내놓고, 누구는 겨울 아침에 메이플시럽과 시나몬 가루를 곁들인 오트밀을 끓인다. 누구는 시간을 들여 천천히 커피를 내린다. 누구는 어두컴컴한 새벽의 거실에서 맹물을 끓여 마신다. 그나저나 이 모닝 루틴 시리즈에 맹물을 끓여 마시는 사람이 많아서 찾아보니 인도의 아유르베다 건강법이라고 한다. '언제 적 아유르베다!' 하며 검색해보니, 10분 이상 끓인 물을 50도 정도로 식혀서 일어나자마자 마시면 장에 좋다는 이야기가 있다. 나는 바로 멋진 주전자를 검색하기 시작했다.

왜 모르는 누군가가 커튼을 걷는 뒷모습을 보는 게 좋았을까, 왜 냉장고에 있는 채소를 대충 썰어 넣은 수프가 그렇게 맛있어 보였을까, 생각하다가 문득 깨달았다. 미지근한 물도, 청소도, 목욕도, 스트레칭도, 그릇 정리도, 전부 주문이었다. 그리고 결계였다. 오늘 나의 하루가 조금이라도 단단해지기를 바라는 마음에서 외우는 주문이자, 나의 쉼터가 더 포근해지기를 바라며 만드는 작은 결계.

일상은 얼마나 떠내려가기 쉬운가. 무난하고 평범한 하루를 보내기는 얼마나 힘든가. 어떤 사람은 공감하지 않을 수도 있지만 나는 점점 더 그렇게 생각하게 되었다. 〈인생론〉이라는 노래를 쓴 적이 있다. 당시 나는 스물여덟 살이었고 "어른이 되어가는 건 지혜가 생겨나는 것"이라는 문구를 잘도 넣었다. 지금이라면 그렇게 못 적을 것 같다. 지혜는 자동으로 생겨나지 않는다. 상황은 복잡해지고, 문제는 해결되지 않으며, 매번 같은 레퍼토리가 민망해서 하소연하기도 좀 그렇다. 친구와 만나면 이 말만 반복한다. 다 그렇지 뭐. 그렇다고 화성으로 떠나버릴 수는 없다. 그렇다면 지금 내가 발을 붙이고 있는 이곳에서 조금이라도 마음에 바람이 통하게 하려면, 어둠에 잡아먹히지 않고 밝은 곳을 보려면, 파도에 휩쓸리지 않으려면 어떻게 해야 하나.

나는 그 영상을 여러 번 보았다. 그리고 따라 해보았다. 일어나자마자 뜨거운 물에 들어가 잠을 깨는 건 멋진 일이었고, 매트를 훌훌 깔고 몸을 잠시 움직이는 것도 멋진 일이었다. 덕분에 아주 멋진 낮잠을 잤다. 두유 수프도 만들어보았다. 콩물을 넣었더니 들깨수제비 국물 느낌이 났다. 알배기 배추가 달았다. 더 추워지면 오트밀도 끓여보려고 시나몬 가루도 주문했다.

아유르베다 미지근 물도 마셔보았다. 그 물을 위해 몇백 년 동안 철기를 만들었다는 무슨 마을의 철 주전자를 샀다. 몹시 무거웠고 관리가 까다로웠다. 매번 말끔하게 물기를 날리지 않으면 녹이 슨다고 했다. 그래, 이런 점을 개량하면서 주방기구들이 발전했지… 스테인리스라든가…. 하지만 나는 그 번거로움이 좋았다. 30초면 물이 끓는 테팔 전기 주전자를 놔두고 굳이 철 주전자를 꺼내서, 물을 끓이고, 물을 따르고, 철 주전자를 말리고, 물을 식히고, 천천히 입안에서 굴려 마시며 하루를 시작하는 것 말이다. 여하튼 마음이 휩쓸려버리지 않도록 뭐라도 하고 싶은 것이다. 아니, 다시 말하자면, 휩쓸려도 빨리 제자리로 돌아오게 하기 위해서 뭐라도.

난 알지도 못하고서

십대 시절을 떠올리면 복잡한 기분이 든다. 인생에서 사회생활을 가장 많이 한 시기는 그때였다. 가장 에너지 넘치는 사람들과 가장 오래 한 공간에 있었다. 사람의 마음을 읽기가 어려웠다. 원하는 것은 많았지만 무엇 하나에도 솔직할 수 없었다. 현명하게, 즐겁게 헤쳐나간 사람도 많겠지만 나는 그랬다.

어떤 아이들에겐 모든 것이 자연스러워 보였다. 커뮤니티에는 내가 모르는 강한 규칙이 있었다. 하지만 나는 그걸 끝내 알아내지 못했다. 메탈 음악을 너무 많이 들어서였는지도 모르겠다.

중학교 때의 일이었다. 어느 날 부반장이 내 자리에 와서 머뭇거리다 질문을 했다. 전날 교실에서 나는 "너희가 혐오하는 그 야한 짓을 부모님이 해서 우리가 태어난 거야"라고 말해서 약간의 파문을 일으킨 상태였다. 인터넷이 없던 1990년대 중반 여자중학교의 풍경이었다. 한 독실한 곱슬머리 아이는 날 악마라고 했다. 부반장은 일단 전날 내가 한 말이 진짜인지를 다시 묻고, 질문을 하나 더 했다. 지금 그녀가 사귀고 있는, 교회에서 만난 남자친구도 야한 것을 보고 있을지에 대한 질문이었다. 그녀는 몹시 진지했다. 나는 당연하다며 코웃음을 쳤다. "보기는 뭘, 심지어 하루 종일 생각하고 있을걸?"

돌아보니 이런 부분이 문제였을까. 코웃음은 왜 쳤으며 하루 종일은 또 뭔가. 쿠션어를 썼어야 했다. "어쩌면… 아마… 약간… 그럴 수도 있지 않을까…? 나도 잘은 모르지만…"이라고 했어야 하고, 그런 걱정을 하고 있는 그녀에 대한 위로와 연민이 앞서야 했다. 정보값이 없는 말의 소중함을 전혀 모르는 청소년이었다.

고등학교에 올라가니 연애가 중요해졌다. 사랑이 아니다. 연애다. 독서실에서, 학원에서, 또 소개팅으로, 이런저런 남자애들을 만났다. 내가 속한 커뮤니티의 규칙은 더욱 복잡해졌고 난 여전히 이해할 수 없었지만 '잘나간다'는 개념이 아주 중요하다는 것만은 알았다. 특히나 내 옆에 있는 남자는 잘나가야 했고 그러지 않는다면 갑자기 그가 한심해 보였다. 같은 규칙이 나에게도 적용되었다. 정글이었다.

그러다 한번은 벽돌만 한 핸드폰을 가지고 다니고(당시의 부의 상징) 무스탕을 즐겨 입는(당시의 세련의 상징) 키가 큰 남자아이를 만나게 되었다. 만나면 할 말도 없었지만, 키가 크고 잘나가니까 괜찮았다. 내가 요즘 무슨 음악에 빠져 있고 무슨 책을 읽는지는 전혀 중요하지 않았다. 사실 그런 건 누구와 만나든 중요하지 않았다. 나는 매일 새벽까지 라디오를 듣거나 헤드폰을 끼고 최고 볼륨으로 음악을 듣다 잠이 들었지만, 그때 드는 감정에 대해선 누구와도 얘기하지 않았다.

어느 날 가십을 좋아하는 친구가 내게 와서 말했다. "걔 너랑 자려고 벼르고 있대." 그렇지. 이런 거지. 누가 누구를 찼고, 누가 누구랑 키스를 했고, 누가 누구랑… 이번에는 내 차례였다. 나는 그때부터 어떻게 해야 그와 자는 위험에 빠지지 않으면서 '스무스하게' 헤어질 수 있을지를 고민했다. 잘나가는 남자애의 여자친구가 되는 건 멋진 일이지만 그와 자는 건 구린 일이다. '구리다'는 말은 정말 강력해서 모든 개념을 덮을 수 있었다. 그런데 잘나가는 것과 구린 것은 종이 한 장 차이여서 나는 자주 헷갈렸다. 가느다란 선 위를 걸어가는 기분이었다. 내가 무엇을 따르고 있고 무엇을 놓치고 있는지 모른 채로 계속 걸었다.

우리는 적절하게 뭉개는 시간을 잠시 가지고 안전하게 헤어졌다. 그는 곧 한 학년 선배인 전 여친에게로 돌아갔는데 아마도 그녀가 그의 첫사랑이었던 것 같다. 나는 더 이상 복도에서 얼굴이 뽀얀 그 선배를 마주쳤을 때 얼굴을 붉히지 않아도 되었다.

영화 〈반쪽의 이야기〉(2020)의 주인공 엘리는 미국 시골 마을에 사는 여자아이다. 그곳은 자갈이 특산물이고 기차가 하루에 두 번 지나간다. 이미 갑갑한데 더 갑갑한 사실은 엘리가 학교 유일의 동양인인 데다 레즈비언이라는 것이다. 엘리는 똑똑해서 돈을 받고 아이들의 작문 숙제를 대신 해준다. 선생님은 알고도 눈감아주는데 그 이유는 아이들이 억지로 쓴 숙제를 읽는 것보다 엘리가 쓴 글을 읽는 게 훨씬 재미있기 때문이다.

어른들은 젊은이에게 애정이 생기면 가끔 선을 넘는다. 당연히 젊은이에겐 와닿지 않는다. 이 동네를 떠나서 좋은 대학에 가라고 말하는 선생님의 말을 엘리는 바로 받아친다. "그럼 선생님은 왜 이 마을로 다시 돌아왔어요? 그럼 결국 뻔한 것 아닌가요? 왜 나한테 그렇게 쉽게 모험을 강요하죠?" 조숙한 아이들은 모든 걸 알고 있지만 사실 아무것도 모른다. 왜냐하면 살아보지 않았으니까.

엘리가 사는 자갈 마을에는 다양한 아이들이 있다. 마을 땅의 반을 가진 자갈회사 아들도 있고, 그의 여자친구 애스터도 있고, 소시지집 아들 폴도 있다. 폴은 아름다운 애스터에게 반하지만 말주변이 없어서 엘리에게 연애편지 대필을 부탁한다. 이야기는 이렇게 시작되는데 이 일을 어쩌나. 엘리도 사실 애스터를 좋아한다…. 그렇게 얽히고설키는 사랑의 작대기를 감독은 따뜻하게 소소하게 자세히 담았다. 과장하지 않았다. 하이틴 영화는 대부분 알록달록하다고 생각했는데. 그렇지 않구나.

아이들은 괜찮은 척하며, 몰래 고민하고, 마음을 주고받고, 성장한다. 십대의 내면은 마치 풍선 같아서 스스로도 잘 파악할 수가 없다. 세상을 채울 듯 부풀었다가 펑 하고 터지며 쪼그라든다. 그래서 속내를 감추는지도, 있는 힘껏 괜찮은 척하는지도 모르겠다. 하지만 마음이 펑 하고 터져버리는 순간, 그 마음을 나누는 순간, 기적 같은 일이 벌어진다. 기적의 정체는 영화를 보면 알 수 있다.

나는 그 기적을 잘 경험하지 못했다. 친구들에게 나는 아마도, 항상 적절한 말을 고르고, 적절한 웃음을 짓고, 가끔 노래를 부르는, 조금 이상한 애였을 것이다. 잘 처신하고 있다고 생각했다. 그러다 전학을 가게 되었다. 반 친구들이 편지를 줬다. 아, 내 전학은 심심한 아이들에게 잠시 감상적인 무드를 주는 좋은 이벤트구나. 교생 선생님에게 보내는 강렬하지만 아주 짧은 사랑 같은 거구나. 나는 적당히 웃으며 적당히 감동을 표현하고 편지를 열었다. 잘 지내라는 말, 건강하라는 말, 다정하지만 금세 잊을 말들이 적혀 있었다.

그리고 한 편지를 열었다. 오며 가며 인사만 하는 '노는 아이'가 준 편지였다. 키가 크고 마르고 시원스러운 인상이라 인기가 많았고 나는 그를 한 번도 진지한 사람이라고 생각한 적이 없었다.

"친해지고 싶었지만 너는 항상 다른 곳에 있는 것 같았고, 다른 생각을 하는 것 같았어. 그래서 진짜 너와 얘기하지 못해서 아쉽다."

아이들은 모든 걸 알고 있었다. 아무것도 모르는 건 나였다. 헛똑똑이. 나는 너무 부끄러워서, 갑자기 밀려든 마음이 당혹스럽고 또 미안해서 그 자리에서 펑펑 울어버렸다. 태어나서 남 앞에서 그렇게 많이 운 건 그때가 처음이었고 그 이후로도 없었다.

인문학의 위기는 영원해

나의 대학 전공은 외국문학 근처 어디였다. 2000년에 입학을 했는데 그때도 이미 '인문학의 위기'라는 말이 사방에서 들렸다. 인문학의 위기, 라고 뉴스 검색을 해보니 일단 『연합뉴스』의 1997년 5월 23일의 기사가 보인다.

> 21세기를 눈앞에 두고 세기말적인 '위기'—
> 지적인 위기, 특히 인문학과 문학의 위기가
> 운위되고 있는 가운데 […] 『창작과비평』은
> 권두좌담 '지구화시대의 한국학'에서 전통적
> 대학 이념의 쇠퇴와 맞물린 인문학의 위기,
> 그 가운데서도 […]

당시 내 눈에 영문학이나 불문학 등에 큰 뜻을

품고 학과에 들어온 친구는 별로 없어 보였다. 동기들은 술이 들어가면 서로의 수능 점수를 물었다. 생각보다 낮은 점수로 들어온 친구가 있다면 그 행운을 축하했고, 높은 점수로 들어온, 즉 눈치작전에 실패한 친구가 있다면 진심으로 안타까워했다. 문 닫고 들어온 사람이 승자였다.

문과대에는 잔잔한 패배의 기운이 있었다. 옆의 경영대는 커트라인이 우리보다 7점 정도 높았고, 건물은 새것이었고 복도는 환했다. 그쪽은 기금이 많았다. 학교는 의자를, 강의실을, 로비를 팔았다. 기부자의 이름을 붙이는 방식이었다. 일개 학부생인 내가 학교의 경영방식에 관여할 순 없다고 생각했고 좌우지간 깨끗하니 나도 경영대 화장실을 종종 썼다. 그럼 우리 건물에는 무엇이 있었느냐. 오랜 역사가 있었다. 침침한 복도가 있었다. 기금은 별로 없었다.

동기들은 일찍부터 방법을 강구했다. 많은 친구들이 당연하다는 듯 복수전공을 했다. 어떤 친구들은 회계사 또는 공무원 시험을 준비했다. 물론 학문에 뜻이 있어 대학원에 진학하는 사람도 있었다. 극히 적었지만.

　강의실은 창과 방패의 대결이었다. 벨라스케스의 〈시녀들〉이 왜 훌륭한 그림인지에 대해서 끝없이 이야기할 수 있는 교수님과 대체 왜 이 그림이 혁신이라는 건지, 그냥 셀카 구도의 흔하디흔한 유럽 무슨 왕족 초상화가 아닌지, 하고 생각하는 학생들 간의 불꽃 튀는 90분.『돈키호테』가 서양문학사 최초의 근대소설이라는 것은 우리 학과의 가장 큰 자랑 중 하나였다. 하지만 지금의 우리에게 그게 무슨 상관이란 말인가. 근대를 지나 현대, 심지어 20세기도 지난 21세기를 살고 있는데. '돈 키호테', 그러니까 미스터 키호테의 이야기는 '동키 호테', 호테라는 이름의 당나귀 이야기였어도 우리에겐 별 상관 없었을 것이다.

　누군가는 문학을 논하지 않는 우리를 보고 혀를 찼다. 주로 신문 사설에서 그랬다. 이렇게 중요한 인문학의 숨통을 철없는 애들이 끊고 있다고 말하는 것 같았다. 심지어 너희는 꿈도 없다며? 낭만도 없다며? 역시 요즘 애들은 한심하네. 그런 말을 들으면 작은 산소통 하나에 의지해서 겨우 숨을 쉬다가 갑자기 혼나는 기분이었다. 너는 왜 자유롭게 숨을 쉬지 못하니? 산소통이 작으니까요. 회계사 시험을 칠 생각도 없고, 수업에서 재미를 발견하지도 못한 나는 출석일수가 모자라 결국 제적을 당했다.

'펨브로크'라는 가상의 미국 대학교가 있다. 긴 역사가 있고 아이비리그에서는 하위권이라는 설정이다(대사 중에 "그놈의 예일!"이라는 말이 자주 나온다). 그 학교에는 전통의 영문학과가 있는데 역사상 처음으로 유색인종 여성인 '김지윤'(산드라 오)이 영문학과의 학과장, 체어 자리에 오르는 것으로 넷플릭스 드라마 〈더 체어〉(2021)는 시작된다.

여자한테 높은 자리를 줄 때는 이유가 있다는 설이 있다. 망해가는 배에 선장으로 앉히는 것이다. 운 좋게 살아남으면 뭐, 된 거고, 어려운 결정을 내리다가 결국 가라앉으면 '역시 여자는 안 되나 봐' 하고 치우면 되니까. 간편한 방법이다.

김지윤은 의욕적으로 학과장에 취임하지만 바로 문서를 하나 받는다. 그 종이에는 영문학과 교수들의 이름이 연봉순으로 적혀 있고 맨 위 세 명 이름에는 형광펜 표시가 되어 있다. 한때 미국 문학계의 스타였으나 지금은 공룡이 되어버린, 현재 수강 신청자가 여섯 명 정도 되는 노교수들을 치워달라는 부탁이었다. 김지윤은 꾀를 내어 인기가 많은 젊은 교수 야즈와 공룡 중 한 명인 엘리엇의 수업을 합친다. 둘 다 허먼 멜빌을 연구한다는 부분을 억지로 엮었다.

야즈는 젊고, 여성이고, 유색인종이고, 새로운 시각의 수업을 한다. 학생들은 『모비 딕』을 랩으로 만들고 연극으로 만든다. 그걸 지켜보는 엘리엇은 당황스럽다. 그는 나이가 많고, 남성이고, 백인이며, 영문학이라는 학문에 큰 기여를 했고, 지금은 그 업적을 반복하고 있는 사람이다. 줄여 말하면, 정말 재미없는 수업을 한다는 뜻이다(가치가 없다는 뜻은 아니다). 그렇다면 대체 학계의 떠오르는 별인 야즈는 이 제안을 왜 승낙했을까. 종신 교수가 되기 위해서는 엘리엇의 추천이 필요하기 때문이다. 인정받기 위해선 능력 외에도 필요한 것들이 있다.

보는 우리 재미있으라고 제작진은 흥미로운 설정을 하나 더 넣어두었다. 빌이라는 남자 교수가 있는데 그는 베스트셀러 작가고, 턱수염과 멋진 눈웃음을 가진 백인 남자 예술가고, 대학에서 25년째 앞가

림도 제대로 못하고 깽판을 치는 중이다. 깽판을 치면 위기가 오고, 그러면 보통 쓸려 내려가지만 그는 괜찮았다. 세상은 웃을 때 눈이 반달이 되는 남자 예술가의 기행에 관대하기 때문이다. 이런 그가 결국 아주 큰 깽판을 치고 학과장 김지윤은 지옥의 소용돌이에 빠진다.

그 소용돌이에서 자기도 살아남고, 남도 살리려고 노력하다 결국 가라앉는 김지윤에게 탈출 직전의 대학원생이 말한다. "제게 구명보트를 주신 거네요. 그런데 당신에게는 구명보트가 있나요?" 다음 장면에서 최초의 유색인종 여성 학과장 김지윤은 오열한다. 화장실에 숨어서.

인상적인 장면이 많았지만 가장 후련한 부분은 데이비드 듀코브니 부분이었다. 맞다. 〈엑스 파일〉의 멀더다. 그가 배우 데이비드 듀코브니, 본인으로 나온다. 위기에 빠진 학교는 대스타인 그에게 문학 교수 자리를 주려고 하고 김지윤은 할 수 없이 그의 저택에 간다. 대스타는 30년 전에 '쓰다가 만' 베케트에 대한 박사 논문을 내민다. 보는 나도 어이가 없었지만 나는 김지윤이 이 상황을 대충 넘길 줄 알았다. 그에게 구명보트가 없기 때문이다. 하지만 그는 참지 못하고 이 나이브한 중년 백인 남자 배우에게 일갈한다. 마지막으로 학술지를 읽은 게 언제냐고. 30년 동안 학계에 얼마나 많은 이론이 나왔는지 아느냐고. 신유물론이나 젠더 연구에 대해 얼마나 아느냐고. 영문학은 진보했고 당신은 다른 시대에 갇혀 있다고. 물론 다 쏟아내고 나서 아차, 하지만.

인문학은 여전히 위기라고 한다. 기사를 검색해보니 요즘의 어르신들은 '소프트 인문학'에 혀를 차고 있었다. 그게 뭔지 정확하게는 모르겠지만 선생님들은 좌우지간 젊은이들이 삶의 중요한 부분을 놓치고 있다며 혀를 차고 싶은 것 같다.

나는 방황의 시간을 잠시 갖고 대학에 재입학을 했다. 수업이 예전과 다르게 들렸다. 벨라스케스와 세르반테스가 왜 대단한지도 조금은 알게 되었다. 알게 되어 다행이라고 생각했다.

문과대는 수료 상태인 나에게 가끔 문자를 보낸다. 특강 문자도 오고 계절학기 문자도 온다. 아무래도 업데이트를 안 한 것 같다. 수료하고 12년이 지났는데도 받고 있어서 빼달라고 할까 싶다가도 누군가 그 축축한 건물에 앉아 문자를 쓰고 있을 걸 생각하면 기분이 좋아져서 그냥 둔다. 그 건물에서는 분명히 흥미로운 일이 일어나고 있을 것이다. 누군가는 공룡을 쓰러트리고 있을 것이다. 새로운 공룡이 탄생하고 있을지도 모른다. 여전히 기금이 없어 티는 잘 나지 않겠지만.

소비와 향기

어떤 이미지에 처음으로 매혹된 순간을 기억한다. 1995년, 패션잡지 『보그』와 『하퍼스 바자』의 한국판이 창간되었고, 당시 나는 중학교 2학년이었으며, 내가 반한 이미지는 디올의 신작 향수, 돌체비타의 두 페이지짜리 광고였다.

　광고 속에는 한 여성이 있다. 짧은 곱슬머리의 그는 고개를 까딱 기울이고 부드러운 웃음을 지으며 카메라를 정면으로 바라보고 있는데, 두 손에 긴 진주 목걸이가 있다. 목에는 이미 화려한 목걸이가 걸려 있는데 말이다. 그 모습이 마치 '나는 지금 멋지고 행복하지만, 더 많은 행복을 움켜쥘 거야. 그리고 그 행복은 작고 소중한 것이 아닌, 크고 넘쳐나는 행복이야!' 하고 말하는 것 같았다. 사진은 흑백이었지만 디올의 로고와 향수병은 선명한 노랑이었다. 동그란 향수병은 완벽한 행복과 환희를 상징하는 것 같았고 그 안의 황금빛 액체는 날 어딘가로 데려가 줄 것 같았다. 옆 페이지에는 돌체비타의 샘플이 붙어 있었다. 처음으로 맡아보는 고급 향수의 냄새였다. 외국이다. 디올이다. 파리다. 어른이다. 언젠가 향수를 산다면 꼭 돌체비타를 사야지.

스무 살이 되었다. 처음으로 돈을 벌었고 인생 첫 향수로 돌체비타를 샀다. 아름다운 노란 동그라미가 드디어 내 것이 되었다. 향수를 뿌리는 법은 그간 『쎄씨』에서 배워두었다. 먼저 손목에 뿌리고, 살짝 비비고, 그걸 귀 뒤에 묻히면 된다는 거지. 톱노트, 미들노트, 이런 말도 어디서 들어서 알고 있었다. 매혹적이지 않은가. 처음 뿌린 순간과 중간, 그리고 마지막의 향이 다르다니. 자, 들어간다, 그 멋진 세계에!

뿌렸다. 와 정말 뭔가 멋지고, 뭔가 좋고(그렇게 느끼고 싶었고), 달고, 진하네. 이름부터 돌체비타, 달콤한 인생이잖아. 하지만 나의 솔직한 어떤 부분이 '이건 인생의 환희가 아니고 알코올 냄새인데?'

하고 말했다. 조용히 해. 빠르게 무시하고 디올이 마련해둔 표를 보았다.

톱노트는 목련, 계곡의 백합
미들노트는 시나몬
베이스노트는 헬리오트로프, 시더우드
그리고 바닐라

그래, 이 화사한 향기가 목련이구나. 그나저나 평지의 백합과 계곡의 백합은 어떻게 다른 걸까? 중간엔 시나몬이 있구나. 마냥 달지 않게 엣지를 넣은 건가 봐. 역시 디올이네. 그나저나 헬리오트로프가 뭐지. 페루의 향기로운 연보라색 꽃이라고? 너무 신비롭다. 시더우드는 삼나무고. 마지막에 친숙하고 따뜻하게 바닐라로 마무리했네.

나는 디올에서 제시한 공식을 머릿속에서 재현하고 느끼려고 최선을 다했지만, 솔직히 말하면 뭐가 뭔지 모를 기분이었다. 무엇보다 두 손에 진주 목걸이를 쥐고 웃는 기분이 들지 않았다. 하지만 언젠가 멋진 어른이 되면 돌체비타와 나 사이의 거리가 좁아질 것 같았다.

그다음 시트러스의 세계에 들어섰다. 감귤류의
냄새다. 오렌지, 레몬, 라임, 자몽… 이런 계열. 그중
'베르가모트'라는 향이 있다. 얼그레이 홍차를 좋아
하는 사람들은 '아, 그 향기!' 하고 바로 알 것이다.
얼그레이를 좋아하던 내 안의 버튼이 눌렸다. 나는
그 사랑스러운 베르가모트 향을 담았다는 향수를 하
나씩 시도해보았다. 이걸 뿌리면 내 살에서 베르가
모트 향이 나는 거네. 하지만 그렇지 않았다. 내 살
이랑 안 맞나 봐. 향수엔 잘못이 없어. 분명 어딘가
에 나와 만나 2백 퍼센트의 매력을 발휘할 궁극의
베르가모트 향수가 있을 것이야. 아직 못 찾았을 뿐.

향수뿐만이 아니었다. 궁극의 화이트 셔츠, 궁
극의 코트, 궁극의 가방, 궁극의 신발. 나는 '궁극'이
란 단어가 그렇게 좋았다. 다할 궁(窮), 극진할 극(極).
다다르고 싶었다. 찾아내고 싶었다. 극진한 경지에
다다르기 전의 실패는 어쩔 수 없다고 생각했다. 내
가 보고 자란 잡지에는 이런 기사가 많았다.

「당신의 시그니처 스타일을 찾으세요」
「세련된 여성에게는 질 좋은 셔츠가 필수」

「그 남자, 향기로 당신을 기억한다」

나를 찾으려면 먼저 물건을 찾아야 한다고 생각했는지도 모르겠다.

그렇게 20년 가까이 지내다가 얼마 전, 주르르 놓인 향수를 보고 처음으로 생각했다. 나 어쩌면 향수랑 안 맞는 것 아닐까. 생각해보니 그랬다. 향수를 뿌리고 나면 머리가 아프곤 했다. 향수 냄새가 진하게 나면 민폐일까 싶어 두 번 이상 스프레이 하지도 못했다. 그러니 내 몸에서 좋은 향이 나지도 않았을 것이다. 그리고 아직 파악하지 못한 부분이 있다. 애시당초 향수라는 물건은 처음에 뿌릴 땐 알코올 향이 너무 강하고, 그 때문에 코가 마비되어서 내 향기를 맡을 수 없지 않은가? 심지어 시간이 지나면 날아가지 않는가?

그런 깨달음과 함께 곤도 마리에의 손을 잡고 미니멀리스트가 되었다, 면 어땠을까. 하지만 여전히 향이라는 개념이 좋으니 그 집착은 디퓨저로 옮겨 갔다. 현관에는 화이트 셔츠 향 디퓨저를 놓고(화이트 셔츠에선 향이 나지 않지만 여하튼) 세탁기 옆에는 꽃집 향 디퓨저를 두었다. 일단 내가 실컷 맡을 수 있으니 좋지만, 이쯤 되니 내 소비 습관이 수상해졌다.

넷플릭스의 다큐멘터리 〈미니멀리즘: 오늘도 비우는 사람들〉(2021)을 보았다. 미국에서 돌풍을 일으켰다는 곤도 마리에의 정리 프로그램에도 시큰둥했기에 큰 기대는 없었다. 게다가 미니멀리즘이라니. 그건 맥시멀리스트, 그러니까 온갖 것을 사본 사람이 다다를 수 있는 경지가 아닌가. 실컷 사서 실컷 써본 다음 각 분야 '궁극'의 한 개만 남겨서 두는 거니까. 자, 남이 골라둔 궁극 아이템이나 구경해볼까 하는 마음으로 틀어보았는데…. 내가 틀렸다. 이 다큐멘터리는 괴상하고 병적인 현대인들의 소비 습관에 대한 고발 다큐였다.

'물건을 계속 사서 쟁이는 습관'에는 무섭고도 간단한 구조가 있다. 그것은 거대 기업과 마케팅 천재들이 엄청난 돈과 시간과 노력을 들여 만든 소비의 덫이다. 그들은 행복의 이미지와 제품을 연결한다. 이걸 사면 당신 인생의 빈 조각이 메워진다는 메시지를 우리에게 던진다. 돌체비타의 작고 노란 병과 진주 목걸이를 움켜쥔 행복한 여성의 모습은 아름답고 정교하고 강력한 덫이었다.

이 덫에 걸리면 즐겁다. 잠깐 꿈을 꿀 수 있기 때문이다. 인스타그램을 열면 신기하게도 내 마음을 읽은 것 같은 광고가 뜬다. 보다 보면 마음이 열리고, 이걸 가지면 얼마나 좋을지 상상이 되고, 정신 차려보면 결제가 끝났다. 얼마나 빠르고 간단한지 모른다. 아침에 정신이 들어 잠깐 취소할까 고민하지만 그냥 말아버린다. 이틀 뒤에 택배가 오면 이미 꿈은 끝났다. 그냥 평범한 택배 상자다. 또 하나의. 나는 이미 다음 꿈을 가지러 갔다. 마치 물을 마셔도 마셔도 영원히 목이 마른 사람처럼. 왜냐면 나의 궁극은 처음부터 없었으니까.

나에게는 다람쥐가 도토리를 모아두는 것처럼 '지나간 궁극'을 모아둔 서랍이 있다. 잠이 안 오는 밤에 가끔 그 서랍을 열어본다. 언젠가 너무 갖고 싶어 했지만 손에 넣자마자 어이없게 까먹어버린 알록달록한 핸드워시, 향수, 그 외 온갖 것들이 들어 있다. 기운이 올라온 밤에는 몇 개 사진을 찍어 트위터에 올린다. 그날의 기부처를 정해서 코멘트로 달아둔다. 금액은 자유, 물건값은 내가 아닌 단체에 보낸다는 조건의 벼룩이다. 주르르 서 있는 향수병 중 하나를 꺼내서 작은 종이에 칙 뿌린다. 택배 상자를 쌀 때 테이프를 붙이기 직전, 그 종이를 물건 위에 살짝 올린다. 열자마자 향을 맡을 수 있도록. 택배를 받은 분들이 향이 좋다는 인사를 주실 때 뿌듯하다. 시칠리아의 베르가모트여. 이제야 당신을 제대로 사용할 수 있게 되었습니다.

즐겜러

'즐겜러'라는 말이 있다. 어느 날 신세대 친구가 말해줘서 알았다.

"이 사람 완전 즐겜러네요."

"그게 무슨 뜻인가요?"

"아니 요즘 승급이 있는 게임을 하는데… 다들 높은 등급으로 올라가려고 열심히 하는데 가끔 슬렁슬렁 즐기기만 하는 사람이 있어요. 그런 사람을 즐겜러라고 해요."

그러고 보면 나도 한때 즐겜러였다. 동거인과 예전에 파이널판타지14라는 온라인게임을 한 적이 있다. 그는 탱커(싸움을 할 때 앞에서 공격을 버텨주는 역할)였고 나는 딜러(적에게 공격 데미지를 넣는 역할)였다. 평소에는 낚시를 하고 재료를 채취하고 옷을 지어 입고 그렇게 평화롭게 지냈지만, 이야기의 진행을 위해 던전(무서운 몬스터가 있는, 길이 꼬불꼬불한 동굴이나 성 안)에 들어가야 할 때가 있었다. 그럼 다른 친구들이 도와줬다. 우리는 조금 이상한 파티(게임에서 공통의 미션을 수행하는 무리)였는데, 길드(온라인 게임 안의 커뮤니티, 동아리 같은 느낌)의 대장 H는 무서운 몬스터가 나타나면 목숨만 살려달라며 절을 했다. 앞에서 모두를 이끌어야 할 탱커 동거인은 길치였다. 심지어 경치를 꼼꼼히 보는 성격이라 뛰지 않고 걸어 다녔다. 나는 딜러니까 몬스터에게 공격을 해야 하는데 전체 공격을 못 피해서 매번 팩 하고 죽었다. 어쩌다 우리 파티에 랜덤으로 끼게 된 선량한 게이머는 당혹감을 감추지 못했다. 이… 쭉정이들은 뭐지? 그런 사람들의 멸시와 상관없이 우리는 즐겁고 행복했다. 즐겜러였으니까.

게임 속에선 즐겜러로 살 수 있지만, 실제의 삶은 그러기 쉽지 않다. 게임 속에선 길을 못 찾아도 다른 유저가 길을 가르쳐준다. NPC라는 존재도 있다. 그들은 애초부터 날 도와주기 위해 존재한다(예를 들어 마을 주민). 몬스터의 공격에 맞아 바닥에 엎드려 있는데 지나가던 센 유저가 대신 무찔러준 적도 있다. 게임 속 고난은 딱 내가 즐거움을 느낄 정도로만 설계되어 있다. 어려운 미션은 피해 가도 된다. 게다가 끝내면 반드시 보상을 받는다. 지겨워 지면 로그아웃을 하면 된다. 하지만 인생은 그렇지 않다. 눈을 감아도 해가 뜨면 또 주어진 날을 살아내 야 한다.

'천재는 노력하는 사람을 이길 수 없고, 노력하 는 사람은 즐기는 사람을 이길 수 없다'라는 말이 있 다. 이번 기회에 찾아보니 독일의 심리치료사 롤프 메르클레가 한 말이라고 한다. 한 개인의 의견이었 다니! 나는 무슨 소크라테스 시대부터 내려오는 인 류의 지침인 줄 알았다. 왜냐하면 내가 종종 저 말 에 휘둘렸기 때문이다. 저 말을 볼 때마다 내 노력은 항상 모자란 것 같았고, 즐기지 못하는 스스로가 자 격 미달인 것 같았다. 무대를 마치고 마음에 들지 않 아 자학을 하고 있는데 같은 무대를 한 어떤 뮤지션 은 "즐거웠으면 됐어!" 하며 눈을 반짝였다. 나의 이 쓸데없는 마음은 한 선배 뮤지션의 얘기를 듣고서야 사라졌다. 그는 항상 멋진 공연을 하기로 유명한 사람이었는데 무대가 공포스러워 최대한 늦게 공연장에 간다고 했다. 이 길도 길이고 저 길도 길인 것이다. 그렇다면 우리 길에도 적절한 격언이 있지 않을까. 『논어』에는 이런 말이 있다. "아는 사람은 좋아하는 사람만 못하고, 좋아하는 사람은 즐기는 사람만 못하다." 또, 또, 사람 가른다….

세상에는 '즐기는 예술가'에 대한 환상과 더불어 '고뇌하는 예술가'에 대한 환상도 있는 것 같다. 그 환상 속에서 고뇌하는 예술가는 항상 고뇌한다. 매사 고뇌한다. 인스타그램 내내 고뇌한다. 최근에 이런 얘기를 들었다. "나는 새로운 예술가를 알게 되면 그 사람 인스타그램부터 봐." 체크 항목은 다음과 같다. 얼마나 피드가 예술적인지, 몇 명이 그를 팔로우하는지, 어떤 톤으로 글을 쓰는지, 어떤 톤으로 일상을 바라보는지. 그렇다. 인스타그램은 예술가의 공개 이력서가 되었다. 내 인스타는 어떤가. 새로 산 스누피 장난감, 고양이 꼬마 우쭈쭈 사진, 강아지 흑당이 우쭈쭈 사진, 꽃나무 아래에서 브이 하고 찍은 사진. 전혀 예술의 고뇌가 보이지 않는데.

큰일.

어울리지 않게 프로필 사진은 제법 진지하다. 그 사진은 두 번째 책 『익숙한 새벽 세시』를 낼 때 찍은 것이다. 전략상 이 타이밍에 '작가 사진'을 한번 찍어야겠다고 생각했다. 그것은 무엇이냐. 검은 목폴라를 입고, 시선은 옆으로 두고, 무언가를 생각하는 듯한 표정을 짓고, 흑백으로 찍은 사진을 말한다. 출판사도 마음에 들었는지 띠지에 사진을 넣었다.

책을 내고 감사하게도 피드백을 많이 받았다. 가장 인상 깊었던 말은 "안심했어요"였다. 그 책을 치우친 시각으로 정리하자면, 내가 정신과에 가서 번아웃증후군 진단을 받고 정신적으로 이런저런 몸부림을 치는 내용이다. (이렇게 정리하면 안 될 것 같지만) 그 모습이 다수의 독자에게 안심감을 주었다. 안심했다는 건 그전에 불안했다는 얘긴데 그 이유는 나의 결혼이었다. 다시 정리하자면, 결혼을 해서 내가 멀리 가버린 줄 알았는데 여전해서 안심이 된다는 몹시 순수한 감상이었던 것이다.

나는 하나도 섭섭하지 않았다. 정말 그랬다. 독

자가 안심했다면 다행이다. 하지만 그 부분에 대해 몇 년간 생각했다. 어떤 사람을 행복하다고, 또는 불행하다고 판단하게 하는 요소에 대하여, 설명하기 힘든(또는 굳이 설명하지 않는) 인생의 다양한 측면에 대하여, 선택적 확대와 축소에 대하여, 창작자의 행복과 불행과 작품의 완성도에 대하여, '진정성'과 '기만'에 대하여. 그리고 피드백은 새롭게 추가되었다. 비밀이 있는 사람이 매력적인데. 작가들은 SNS 좀 안 했으면 좋겠어. 페미니즘 얘기 좀 그만했으면. 오지은 트위터 땜에 망했네.

한동안 SNS 프로필에 "글을 쓰고 음악을 만드는 사람"이라고 적어두었다. 그다음에는 "버티는 사람"이라고 적었다. 그러다 얼마 전 충동적으로 "즐겜러"로 바꾸었다. 언젠가 인터뷰어에게 "욕심이 많으시네요"라는 말을 들은 적이 있다. 그의 속내를 추측하자면 '그런 이미지에 성격 좋다는 말까지 듣고 싶으세요?'가 아니었을까. 그런 이미지란 아마도 '우울한 음악을 하는 여자 뮤지션' 근처의 무엇일 것이다. 이 또한 몇 년 정도 생각했다. "어떻게 둘 다 가지려고 하세요?"

우울, 불행, 요령 없음, 예술성, 환상, 진정성. 또 진정성.

　예술계에 대한 얘기를 적었지만 사실 소개팅을 할 때도 상대방의 인스타그램부터 훑지 않을까. 순간의 이미지로 많은 것을 판단하는 건 나쁜 행동이 아니라고 생각한다. 어쩌면 세상의 이치일지도 모른다. 우리는 바쁘고, 너무 많은 것을 판단해야 하고, 편견은 빠르고 납작할수록 재미있다. 나 또한 자유롭지 않다. 하지만 내가 당하기 싫은 일은 타인에게도 하면 안 되니까 작은 규칙을 정했다. 먼저 내가 나에게 붙인 키워드를 없애기 그리고 넓혀나가기. 예, 저 작업 열심히 합니다. 트위터도 많이 합니다. 강아지 배도 많이 쭈물거리고, 고양이 엉덩이도 두드립니다. 아스파라거스도 먹고 수면제도 먹습니다. 많이 실없습니다. 많이 진지합니다. 모두가 그렇듯이 저도 그렇습니다. 선생님 말씀이 맞는 것 같습니다. 저는 아무래도 욕심이 많은 것 같습니다. 즐겜러가 제일 욕심쟁이일지도요.

롤 모델 찾기

소녀 시절, 거울을 보고 미소를 연습한 적이 있다. 초등학교 5학년, 1990년대 초반, 난 만화책에 빠져 있었다. 여주인공이 미소를 지으면 세상이 환해지고, 배경에 목련이 피어나고, 사람들(특히 남자 주인공)의 닫혀 있던 마음이 허물어지는 세계관에 흠뻑 빠져버린 것이다. 여주인공은 존재 자체로 누군가를 구원하고 있는데 심지어 자신에게 그런 힘이 있다는 것을 모른다! 어린 내 눈에 그게 얼마나 매력적으로 보였는지.

나도 저런 사람이 될 수 있을까? 거울을 책상에 놓고 씩 웃어보았다. 아, 이빨이 여덟 개 드러나야 된다던데 여섯 개밖에 보이지 않았다. 입을 옆으로 쫙 찢어보았다. 이렇게? 아니면 이렇게? 그 영향이 있는지 없는지 현재 웃을 때 이빨이 여덟 개 보이는 사람이 되기는 했지만 그간 세상은 1루멘도 밝아지지 않았고 일이 편하게 풀리지도 않았다. 심지어 별로 호감도 아니었던 것 같다. 나는 너무 안 웃는다는 말을 들었다가 어떨 땐 너무 크게 웃는다는 말을 들었다.

그건 나중 이야기고 나는 계속 만화책에 빠져 있었다. 아직도 생각이 나는 작품은 타무라 유미의 걸작 『바사라』다. 주인공은 '사라사'라는 여자아이인데 그는 완벽하다. 흠이 없어 완벽하다는 뜻이 아니다. '울면서 달려가는 아이'이기 때문에 완벽하다. 무슨 뜻인가 하면, 엄청나게 강하고, 칼싸움도 잘하고, 귀엽고, 아름답고, 말도 잘 타고, 착하고, 너그럽고, 심지가 깊고, 굳은 의지가 있는 여자아이인데 '보살펴주고 싶은 매력'까지 가지고 있다는 뜻이다. 그냥 강하기만 한 영웅이라면 "네, 역시 멋지십니다. 저 같은 범인과는 다르군요. 박수를 보냅니다" 하고 내 갈 길 갈 수 있지만, 울면서 달려가는 아이는 내버려둘 수 없다.

그때부터 내 마음속 위인은 사라사였다. 힘든 상황이 있을 때 사라사를 떠올렸다. 친구에게 불만

이 생겼을 때 사라사라면 어떻게 했을까? 독서실에 가기 싫을 때 사라사는 어떻게 했을까? 사라사가 주로 하던 것은 전쟁과 사랑, 또는 전쟁 같은 사랑이어서 내 생활에 직접적으로 적용할 순 없었지만 그럴 때 떠올릴 수 있는 또래가 있다는 것만으로 어딘가 위안이 되었다.

고등학생이 되고 무라카미 하루키를 알게 되었다. 훌륭한 작품을 쓰는 작가는 많고도 많지만 하루키에겐 조금 특별한 능력이 있었다. 그건 바로 읽는 사람을 '하루키화'시킨다는 것이다. 그의 글을 한참 읽다가 현실로 돌아오면 시시한 일상에 하루키적 내레이션이 깔렸다.

지은은 지루한 표정으로 학원 책상을 가볍게 쓸었다. 형광등 불빛은 도무지 적응이 되지 않았다. 오늘 외워야 하는 단어는 스무 개였다. 이런 긴 영어 단어를 살면서 쓸 일이 있을까? 하지만 언제나 세상엔 이해할 수 있는 일보다 이해할 수 없는 일이 더 많다. 그래서 지은은 오늘의 단어 스무 개도 그냥 받아들이기로 했다.

아무리 시시해도 이렇게 만들 수 있었다. 상당히 달콤한 일이었다.

그의 에세이는 더했다. 행간에 도쿄가 가득했다. 구수하지 않았다. 이것이 쿨이구나. 이것이 동아시아인의 세련이구나. 가장 멋진 포인트는 드문드문 보이는 유머였다. 하지만 이 달콤함은 오래가지 못했다. 그의 센스는 이를테면 이런 것이었다. '세라복을 입은 연필'(그의 에세이 제목이자 한국에서 1994년 출간된 『무라카미 하루키 수필집』 2권의 책 제목이기도 하다).

지금 보면 이 영감탱이가 무슨 소리 하나 싶지만, 그때는 그게 재치였고 여성 독자들도 그런 농담에 웃는 시대였다. 그 글에 대해 간단히 설명을 해보자면 중년의 무라카미 하루키는 연필을 많이 쓰고, 그중 한 종류가 세라복을 입은 여자아이로 보인다는 것. "어머 무라카미 씨! 싫어욧!" 이런 문장도 있었던 것 같다. 실제로 매일 교복을 입는 당사자로서 난감했다. 연필을 잡으며 으흐흐, 하는 중년 남자의 마음에도, 어머 싫어욧, 하는 가상의 소녀 마음에도 이

입할 수 없었다. 하지만 「운수 좋은 날」의 김 첨지의 마음에도 이입하도록 훈련을 받아온 나다. 남자 주인공과 남자 작가의 마음은 충분히 이해할 수 있다고 생각했다. 하지만 나중에 나의 글을 쓰고 깨달았다. 아닌 건 아닌 것이었다.

이십대 중반이 되어 글과 음악을 파는 일을 하게 되었다. 가끔은 방송에 나가서 말도 팔았다. 사람들은 있는 그대로 자신을 사랑하라는 말을 쉽게 하지만, 그러기엔 세상이 날 사랑하지 않을 때가 많다. 생방송 라디오 문자 창으로 항의가 왔다. "지금 저 시끄러운 여자는 누구죠? 말이 너무 빠르고 듣기 불편하네요." 당시 소속되어 있던 회사의 회의에 이런 안건이 올라왔다. '오지은은 방송 출연을 줄이는 것이 좋을 것 같음.'

나는 몇 템포 늦게 알게 되었다. 가만 보니 사람들에게는 역할이 있었고, 그 역할의 허용 범위가 있었다. 누군가에게는 넓은 범위의 캐릭터가 허락되었고, 누군가에게는 그렇지 않았다. 많은 경우 그 기준은 성별이었다. 나는 내게 주어졌던 역할을 전혀 이해하지 못한 것이다. 역할을 거부하는 것도 자유, 하고 싶은 대로 말하고 행동하는 것도 자유지만 그에 따른 피드백은 피할 수 없다. 어떤 예능에 나갔는데 나중에 본방송을 보니 누군가의 말에 리액션으로 웃는 모습만 편집되어 있었다. 그렇구나. 나는 누굴 웃기는 사람이 아닌, 누군가의 말에 하하 웃는 '홍대의 여자 뮤지션'이란 역할이었구나. 뒤늦은 깨달음 이후, 나는 외부의 시각으로 나를 볼 수 있게 되었고 처음으로 내 말투가 마음 깊은 곳에서부터 싫어졌다.

시간은 흘러 흘러, 세상도 조금 바뀌었고 나도 조금 바뀌었다. 나는 내 말투를 그렇게 싫어하지 않게 되었지만, 이렇게 되기까지 상당한 노력이 필요했다. 가끔은 이 노력을 다른 데 쏟았으면 얼마나 좋았을까 하는 생각도 든다. 이 에너지를 나를 더 좋아하고 긍정하는 데 쓸 수 있었다면, 그럼 혹시 작업을 더 많이 할 수 있었을까. 더 재미있게, 마음 편하게 살 수 있었을까.

미디어에 여성이 나와서 말을 하면 주의 깊게 보게 된다. 그가 지금 어떤 쿠션어를 쓰고 있는지,

또는 쓰지 않는지, 어떤 방식으로 '나는 무해합니다'라는 신호를 전달하고 있는지, 그걸 수행하지 않을 때 어떤 꼬리표가 붙는지, 태도 논란은 어떤 때 왜 생기는지. 앞에도 적었지만 분명 세상은 바뀌고 있다. 하지만 그 속도는 느리고 우리는 안타깝게도 미래에 살 수 없다. 신발을 신고 문밖으로 나가면 아직 갑갑한 현재다.

넷플릭스의 다큐 〈도시인처럼〉(2021)을 보았다. 프랜 레보위츠라는 작가가 주인공이고 찍은 사람은 마틴 스콜세지다(가끔 본인도 출연하여 프랜의 말을 들으며 킥킥거린다). 프랜 레보위츠는 70세의 여성이고, 뼛속까지 뉴요커이며, 재미있고, 위트 있고, 똑똑하며, 날카롭고, 시니컬하며, 그 모든 것 안에 사랑이 있다. 보고 있자면 세상의 모든 것을 프랜 레보위츠가 말해줬으면 좋겠다는 생각이 든다. 프랜 선생님, 단정 지어주세요, 비꼬아주세요, 쿠션어 없이 급소를 찔러주세요.

나는 어느새 분류상 중년 여성이 되었다. 사실은 아직도 힐끔힐끔 역할모델을 찾고 있다. 세상에는 멋진 사람이 많다. 선을 확 넘어버리는 여성을 보면 통쾌하다. 동시에 쿠션어를 능숙하게 쓰는 사람의 관록도 멋지다. 아마 선을 넘는 사람에게도, 쿠션어의 달인에게도 잠 못 드는 밤이 있었겠지. 세라복을 떠올리며 킥킥대는 인생도 내 것이 아니었고, 웃기만 해도 배경으로 목련꽃이 피어나는 인생도 내 것이 아니었고, 칼싸움을 하며 나라를 구하는 영웅도 내 것이 아니었지만, 어쩌면 시니컬한 할머니는 될 수 있지 않을까. 프랜 레보위츠의 주름진 얼굴과 구부정한 자세, 불친절한 얼굴 근육과 삐죽 올라간 입꼬리는 목표로 삼을 수 있지 않을까. 그런 통찰력은 따라 한다고 되는 것이 아니지만 일단 겉모습부터 시작이다.

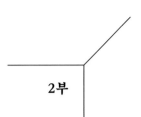

2부

창문 안의 세계와 바깥의 세계

창을 좋아한다. 어릴 때부터 그랬다.

수업 시간에는 창문 너머 텅 빈 운동장을 보곤 했다. 사람이 없는 운동장에는 묘한 서늘함이 있었다. 운동장에 서서 운동장을 볼 때는 그 느낌이 나지 않았다. 교실 창문 너머로 보는 운동장만이 특별했다.

반지하 집에서도 창을 보았다.

반지하 집이 그렇듯 창은 작았다. 쇠창살도 있었다. 창밖으로 제대로 뭔가를 볼 수는 없었지만 그래도 나는 대부분의 시간에 멍하니 창을 바라보고 있었다. 그래도 창이랍시고 희미한 빛이 들어왔다. 하루 중 한정된 시간에만 들어오는 빛이었다. 밤과

낮이 바뀌어 시간 개념도 흐릿하던 시절 그 빛으로 또 하루가 가는구나, 생각했다.

가끔 창문 밖으로 소리가 들려왔다. 사람들의 발소리, 가까워졌다 멀어지는 말소리, 멀리 놀이터에서 아이들이 뛰노는 소리를 들으면 문을 잠그고 있어도 세상과 잠시 이어질 수 있었다.

고시원에 살았던 적이 있다.

창문이 있는 방은 몇만 원을 더 줘야 했다. 형편은 빠듯했지만 창문을 포기하고 싶지 않았다. 상황은 갑갑했다. 학교로 돌아가니 친구들은 졸업을 앞두고 있었다. 곡을 쓰기 시작했지만 길이 보이지 않았다. 부글거리는 에너지가 작은 고시원 바닥에 무겁게 뭉쳐 있었다.

나는 창을 보며 주로 시간을 보냈다. 창은 제법 커서 빛이 가득 들어왔다. 밖으로는 이차선 도로가 보였다. 나를 제외한 세상은 활기가 넘쳤다. 당시의 나는 너무 작아서 창문 너머 몰래 세상이 움직이는 모습을 보았다. 사람들은 저렇게 빨리 걷는다. 저들에게는 목적지가 있다. 가끔은 그걸 보는 것만으로도 힘이 되었다.

지금도 창을 본다.

지금 살고 있는 집은 침대에 누우면 하늘이 보인다. 누워서 창문 너머 하늘의 색이 바뀌어가는 모습을 보면 사치스럽다는 생각이 든다.

밤에 잠이 오지 않아 뒤척이다 창문 너머 가끔 달과 눈이 마주친다. 새벽의 시간은 느리게 가도 달은 분주하게 움직인다. 이사 온 첫날 밤 어색하게 자리에 누워 창문을 보았을 때도 그 달이 보였다. 그 순간 새집이 좋아졌다.

지금까지 살면서 본 가장 아름다운 창문은 뮌헨에 있었다. 예약이 꼬여 어쩔 수 없이 비싼 숙소에 묵게 되었다. 꼭대기 층의 다락방 열쇠를 받았다. 방문을 열자 정면에 커다란 창이 있었다. 창이 보여주는 세상의 반은 뮌헨의 구시가지, 그 위의 반은 파란 하늘이었다. 아름다웠다.

나는 모든 일정을 접고 창문 앞에 앉아 시간을 보냈다. 컵라면을 먹으며 뮌헨의 거리가 색을 바꾸는 모습을 보았다. 뮌헨에서 하려고 했던 일을 거의 하지 못했지만 후회는 없다.

『창을 순례하다』라는 책이 있다. 세계의 아름다운 창을 모아둔 책이다. 제목만 보고 구입했는데 읽고 보니 창문 너머와 안쪽, 그리고 창을 보는 사람과 그 시간에 대한 책이었다.

세상은 완벽하지 않은데 창문으로 보는 세상은 완벽하다. 신기한 일이다.

마감이 힘들어도

인생에 마감이라는 단어가 들어온 지 몇 년이나 됐을까.

내 인생 처음으로 돈을 받고 했던 마감은 번역 일이었다. 이십대 초반, 어찌어찌 일본에서 2년을 살고, 중반에 어찌저찌 돌아와서 복학을 했다. 당연한 말이지만 돈이 필요했다. 할 줄 아는 것이 일본어라서 번역과 통역 일이 들어오면 전부 맡았다. 패션지 번역을 하면서 그놈의 '모-드'라는 말은 대체 어떻게 번역해야 할지 고민했고(지금도 그 말의 대체어를 모르겠다), 건축 관련 서류를 번역할 땐 한국말로도 처음 보는 용어가 많아서 이러다 죽겠다 싶었다(잘 살아 있지만). 하나만 더 말하자면 당시에는 지금처럼 한자를 마우스로 그리면 무슨 뜻인지 찾아주는 포털사이트나 앱이 없었다. 그 말인즉슨 모르는 한자가 나오면 일단 허공에 한자를 그려서 획수를 알아낸 후, 옥편의 얇디얇은 종이를 팔랑팔랑 넘기며 무슨 뜻인지를 찾아내야 했다는 뜻이고…(기술의 진보가 무엇인지 이런 부분에서 뜨겁게 느낀다).

일 욕심은 없었다. 욕심의 차원이 아닌, 그냥 여기는 거절을 할 수 없는 세계라고 생각했다. "김 대리, 지난번 그 번역 맡긴 친구 연락처 있나?" "아, 있긴 한데요, 그 사람 지난번에 연락했더니 한동안 안 한다고 하더라고요." "어 그럼 바로 다른 사람 찾아봐." 그런 사무실 풍경이 떠올랐다. 망상이 아니라고 생각한다. 일본어를 할 줄 아는 사람은 너무도 많으니까. 『보그』 에디터가 『엘르』 에디터에게 날 소개하고, 『엘르』 에디터가 『더블유』 에디터에게 날 소개하게 하려면 쉬지 않고 열심히 일해야 했다. 이 일이 재미있을까? 내가 할 수 있을까? 의미가 있을까? 이런 의문을 가져본 적은 한 번도 없었다. 기계처럼 아침이 올 때까지 번역을 했다.

그러다 이십대 후반에 어찌어찌 전업 음악인이 되었다. 글도 쓰게 되었다. 아직도 그 미묘했던 시간이 기억이 난다. 음악 일에서 돈이 조금 벌린다고 하던 일을 그만둬도 될까 고민하던 시기. 일을 줄인다면 어떤 식으로 줄여야 할까. 지금 잠깐 잘된다고 번역 일을 완전히 끊어냈다가 난처해지면 어쩌지. 하지만 시간과 에너지는 한정적이고, 두 개의 길을 동시에 걷기는 힘들다. 엄밀히 말하면 고민할 수 있는 영역이 아니었다. 예상대로 번역 일은 금방 끊겼다. 이제 마감에서 탈출할 수 있을 줄 알았는데 새로운 성격의 마감이 시작되었다.

사람들은 사고를 치거나 마감을 미루고 잠적하는 예술가 이야기를 좋아하는 것 같다. 그런 에피소드를 말하는 관계자들의 묘한 흥분과 살짝 올라간 입꼬리를 보고 알았다. 회사원의 딸로 자란 나는 그런 부분이 불편했다. 충동적이고, 믿을 수 없고, 제멋대로고, 책임감 없는 예술가로 보이는 것이 싫었다. 기행이 먼저 회자될수록, 직업인으로서의 무게감이 희석되는 것 같았다. 이건 직업이지, 내킬 때마다 재미있는 만큼만 하는 놀이가 아니라고! 번역을 하던 나도 프리랜서이고, 음악과 글을 재화와 교환하는 현재의 나도 보통의 프리랜서라고! 음악 노동자이자 활자 노동자라고!

하지만 십몇 년이 지난 지금, 어딘가 사죄하는

마음으로, 그 말엔 약간의 구멍이 있다는 부분을 인정한다.

내 생각에 프리랜서의 기본은 자신의 일 처리 능력을 잘 파악하는 것, 일을 잘 가려 받는 것, 기한 내에 잘 처리하는 것이다. 다방면으로 '잘'해야 한다. 나의 경우에는 여러 가지 난관이 있었다.

일단 이 분야에서 나의 일 처리 능력이 가변적이라는 것. 창작 일은 한때 엉덩이를 붙이고 앉아 옥편을 찾아가며 어떻게든 한 문장씩 하다 보면 끝이 나던 번역 '아르바이트'와는 달랐다. 멜로디가 오늘 안 나오기로 하면 그냥 안 나오는 것이다. 물구나무를 서고 두 팔로 걸어 다녀도 안 나온다. 수많은 음악가들이 이 부분을 해결하기 위해서 실제로 물구나무보다 더한 무언가를 시도했을 것이다. 나도 온갖 짓을 했다. 오키나와의 무슨 곳 근처에 있는 주택을 개조한 작은 게스트하우스 4인실의 구석에 놓인 2층 침대 아래 칸에 들어가 굳이 커튼을 치고 웅크려 앉아 영화를 보고(〈이터널 선샤인〉이었다) 3집 타이틀곡의 가사를 썼다. 그때 일을 옮겨 적으며 돌이켜보니 오키나와의 무슨 곳 어쩌고부터 헛웃음이 나온다. 전혀 낭만적이지 않은 기억이다. 녹음 날은 다가오고, 가사는 안 나오고, 발매일은 정해져 있고, 스태프들은 기다리고 있다. 내가 펑크를 내면 많은 사람들이 상당히 난처해진다. 그럼 사람이 미쳐가지고 온갖 짓을 하게 되는데 나의 경우엔 주로 비행기표를 끊었다. 그리고 공항으로 가면서 생각한다. 내가 이번에 쓸 가사로 백만 원을 벌 수 있을까. 이번 여행의 숙소, 밥, 왕복 티켓값을 계산하면 백만 원 정도인데 이 곡으로 과연 그만큼 뽑을 수 있을까(다행히 그 곡으로는 그 이상 벌 수 있었다).

　다음 난관. 일은 내 일정을 고려하며 들어오지 않는다는 것이다. 좋은 기획이니까, 거절하면 다시 안 들어올 것 같아서, 잘나간다는 인상을 주고 싶어서, 이 사람에겐 더 이상 거절을 할 수 없어서, 이 정도는 해내야 할 것 같아서, 단지 수입을 위해서 등 승낙으로 나를 이끄는 다양한 이유가 있다. 그리고 구렁텅이에 빠진다.

　또 다음 난관. 시간이 부족하다. 이 정도 기간이면 괜찮을 거라 생각하고 시작했지만 그 생각이 틀렸음을 중간에 알게 된다. 처음에는 프로로서의 역량 부족이자 개인적 한심함이라고 생각했다. 의지가 부족하고 인간이 못나서 생기는 상황. 왜 정해진 시간에 일어나서 일하지 못하지, 왜 책상이나 건반 앞에 앉아 바로 작업에 돌입하지 못하지, 왜 금방 딴짓을 하지, 왜 하루가 이렇게 짧게 느껴지지, 왜 오늘 내내 한 작업은 구리지, 왜 온종일 세 문장밖에 쓰지 못했지. 정신 차려보면 눈물로 범벅이 된 사과 메일을 쓰고 있다. 그러다 이런 인터뷰를 본다. "모 작가님은 23년간 한 번도 마감을 어긴 적이 없습니다. 항상 일주일 전에 원고를 주곤 하셨죠." 너무 괴롭다. 아무래도 업계를 빨리 떠나야 할 것 같다.

언젠가부터 나는 사수를 찾기 시작했다. 다른 예술가들이 어떻게 마감에 대처하고 작업을 하는지 알고 싶었다. 책을 찾아보고 다큐멘터리를 보았다. 그리고 결론을 내렸다. 아, 이거 원래 어려운 거구나! 영화음악가들의 작업 과정을 다룬 다큐멘터리 〈스코어: 영화음악의 모든 것〉(2016)에는 명장면이 많다. 아름다운 음악이 만들어지는 신비한 과정, 넋이 나갈 정도로 멋진 오케스트라의 녹음 현장, 영화라는 예술에서 음악이 작동하는 방식 등등. 하지만 제일 인상적인 장면은 벨벳 재킷을 입은 한스 짐머가 마감 때문에 머리를 쥐어뜯는 모습이었다. 그 유명한 "어떻게 할지 전혀 감이 안 잡히는데, 그냥 다시 전화해서 다른 사람 쓰라고 할까?" 장면이다. 천재들의 인간적인 모습이 너무 좋다. 감히 나와 겹쳐볼 순 없지만 큰 위로가 된다.

책 『작가의 마감』도 재미있다. 일본 근대소설 작가들의 마감에 대한 편지와 산문을 모은 책이다. 나쓰메 소세키도, 아쿠타가와 류노스케도, 다자이 오사무도 마감 앞에서 죄인이다. 『음예 예찬』으로 유명한 다니자키 준이치로가 집중을 하루에 20분밖에 못한다고 말했을 땐 마음속으로 박수를 쳤다. 선생님도 그러세요?

이 글도 사실 하루 늦었다. 담당 선생님께 어제 눈물이 가득한 문자를 보냈다. 태도가 태연해서 '혹시 내가 늦을 것을 계산하고 일부러 마감 날짜를 이틀 정도 당겨 말한 게 아닐까?' 하는 의심이 들었지만 그렇다고 내가 이틀 늦게 줘도 되는 건 아니니까, 불경한 생각은 하지 않기로 한다. 내일은 다른 일로 출판사 대표님께 눈물의 이메일을 보내야 한다. 너무 자주 운다. 얼마 전엔 미라클 모닝이라는 걸 시도해봤다. 새벽 4시에 일어난다. 작업을 한다. 아침 9시가 되면 밤 9시보다 더 피곤하다. 좋은 시도인지는 잘 모르겠지만 할 수 있는 물구나무는 전부 서보자는 마음이었다. 그러다 네이버 지식인에서 한 의사가 "어렵게 만들어놓은 수면 습관을 왜 굳이 바꾸려고 하시죠…?"라고 답한 것을 보고 관뒀다.

예전에는 나에게 자격이 있을지 걱정을 했다. 비틀스의 앨범도 13,000원, 내 앨범도 13,000원, 그래도 되나. 앨리스 먼로의 책과 내 책이 같은 가격이어도 되나. 아닌 것 같은데. 그렇다면 적어도 매일 8시간 이상 일해야 하는 것 아닐까. 결과물을 못 낸 날도 밥을 먹을 자격이 있을까.

지금은 그런 생각은 하지 않는다. 밥을 먹을 자격이 있다. 비틀스와 가격이 같아도 된다. 예술가에 대한 편견은 오히려 나에게 있었는지도 모르겠다. 나는 개미도 베짱이도 아닌, 그냥 할 수 있는 일을 최대한 힘껏, 무리가 가지 않는 선에서 계속하는 사람. 그 과정에서 늦는 것은 정말 죄송합니다. 드릴 말씀이 없습니다….

소원을 이룬 다음 날 살아가기

"이렇게만 되면 소원이 없겠다"라는 말을 종종 하고 살았다. 예를 들어 일곱 살 때 나는 '바비의 집'을 가질 수 있다면 소원이 없겠다고 생각했다. 바비의 집은 인형 바비가 사는 맨션이다. 모던하고 널찍한 구조가 일품이다. 바비는 그 로스앤젤레스 스타일의 집에서 미국스러운 커다란 강아지와 살았다. 1987년, 내가 살던 아파트는 아직 연탄 난방을 하고 있었다. 당시 나에게는 꿈 같은 물건이었다.

그런데 놀랍게도 그해 어린이날에 그것을 선물로 받았다. 그리고 어떻게 되었을까. 당연히 다음 날 새로운 소원이 생겼다. 소원의 본질이란 이런 것인가? 하고 성찰하기엔 너무 어렸고, 그 후 무수한 소원이 생겼다 사라지기를 반복했다. 그중 어떤 소원은 상당히 오래가기도 했다.

〈수요예술무대〉라는 프로그램이 있었다. MBC 에서 수요일 늦은 밤마다 하던 음악 방송이었다. 주로 내한한 재즈 뮤지션이나 제작진이 좀 예술적(?) 이라고 분류한 국내 뮤지션들이 나오곤 했다. 고등학생이던 나는 그 프로그램을 동경했다. 김광민과 이현우의 느릿한, 숭늉 같은 진행도 좋았고, 음향도 좋았고, 특히 그 프로그램에서 주로 쓰던 푸른 조명 이 너무나 좋았다. 나는 음악이 공기를 바꾸는 마법 같은 순간을 그 프로그램을 통해 자주 경험했다.

진행자가 뮤지션에게 음악을 청한다. 잠시 아무 소리도 나지 않는다. 뮤지션은 숨을 고른다. 나는 긴장한다. 첫 소리가 미끄러지듯 들어오고 그 순간 조명이 바뀐다. 무대 위는 다른 공간이 된다. 나는 안도한다. 안개 같은 특수효과가 깔리고 무대 위 입자는 바스락거린다. 음악이 하이라이트에 다다르면 카메라는 화면 가득 뮤지션의 얼굴을 잡는다. 그는 푸른 조명 아래 음악과 하나가 되었다. 정말 아름다운 세계였고 나는 사랑에 빠졌다. 죽기 전에 저 푸른 조명 아래에서 노래를 할 수 있으면 소원이 없겠다, 하고 생각했다. 긴 시간 동안.

그리고 뮤지션이 되었다. 첫 앨범을 2007년에 냈는데, 아쉽게도 〈수요예술무대〉는 2005년에 없어졌다. 물론 계속 있었어도 나를 섭외해줬을지는 의문이지만. 그래도 아예 사라지는 것은 섭섭한 일이었다. 하지만 나의 마음에는 이미 다른 동경의 무대가 있었으니. 동경하는 마음이란 얼마나 덧없는가.

그 무대는 바로 〈EBS 스페이스 공감〉이었다. 그곳 또한 푸른 조명이 일품이었고 보라색 조명도 아주 잘 썼다. 나는 하루라도 빨리 그 무대 위에 서보고 싶어 '헬로루키'라는 신인 등용 시스템에 지원했다. 기쁘게도 헬로루키로 뽑혔고 대망의 첫 무대에 섰다.

나는 감격했을까. 기쁨으로 몸이 가득 찼을까. 생의 최고의 순간을 보냈을까. 현실은 어떠했냐면, 기억이 잘 나지 않는다. 모든 것이 훅 하고 지나가버렸다.

얼떨떨한 채로 시간은 흘러갔고 무대는 계속되었다. 그리고 두 가지 사실을 알게 되었다. 일단 무대에 서는 일은 상상해왔던 것과 아주 다르다는 것. 두 번째는 푸른 조명이 모든 문제를 해결해주지 않는다는 것.

〈유희열의 스케치북〉에서 섭외가 왔다. 큰 방송국에서 하는 리허설은 처음이었다. 관객이 없는 객석은 환하고 생경했다. 그리고 내 앞에 커다랗고 시커먼 카메라가 세 대 있었다. 정가운데, 왼쪽, 오른쪽. 카메라에 빨간 불이 들어왔다. 그때 알았다. 내가 앞으로 보게 될 것은 무대의 맞은편, 그러니까 노려보는 듯한 저 빨간 불과 컴컴한 객석이구나. 무대에 서는 것은 영롱한 비눗방울을 바라보는 것이 아닌, 시뻘건 얼굴로 비눗방울을 불어내는 것이었다. 터지면 다음 비눗방울을, 또 다음 비눗방울을, 상황이 허락할 때까지.

애니메이션 〈소울〉(2020)의 주인공 '조'는 뉴욕의 재즈피아니스트다. 그는 중학교에서 아이들을 가르치고 있지만 전업 뮤지션의 꿈도 가지고 있다. 순진하고 귀여운 부분은 기가 막힌 무대가 언젠가 자신의 인생을 바꾸어줄 것이라고 믿고 있다는 점이다(아예 없는 일은 아니지만…).

그런데 그에게 진짜로 끝내주는 기회가 찾아온다. 유명한 재즈 뮤지션 도로테아가 새로운 피아노 연주자를 찾고 있었던 것이다. 그는 헐레벌떡 달려가서, 오디션에서 멋진 연주를 보여주고, 팀의 멤버가 된다. 이렇게 만화 같을 수가(실제로도 만화지만). 바로 오늘 밤, 조는 꿈에 그리던 데뷔 무대에 서는 것이다. 그것도 역사와 전통의 재즈클럽 무대에! 하지만 그래서는 관객인 우리가 재미가 없으니 픽사는 조에게 엄청난 모험을 시킨다.

나는 이 영화가 주인공이 갖은 고생 끝에 무대에 서고 행복해지는 이야기일 것이라고 생각했다. 무대의 마법이 모두를 구원할지니. 하지만 아니었다. 주인공은 우여곡절 끝에 무대에 선다. 심지어 훌륭한 연주를 보여준다. 실수도 없었다. 처음 느껴보는 감각에 피가 팽팽 돈다. 그는 무대를 마치고 도로테아에게 가서 "다음은 뭔가요!" 하고 상기된 표정으로 묻는다. 도로테아는 차분하게 대답한다. "그냥 다음 날도 하는 거야. 또 다음 날도. 계속."

조의 인생은 그 후 어떻게 흘러갈까. 언제까지 도로테아와 함께 연주할 수 있을까. 해마다 뉴욕대와 버클리 음대에서 새로운 재즈 뮤지션이 쏟아져 나오는데 팔팔한 신인들 사이에서 잘 버틸 수 있을까. 더 성장해서 솔로 앨범을 낼 기회가 생길까. 혹시 냈다면, 그다음 앨범을 낼 기회는 올까. 기회가 왔을 때 살릴 수 있는 운과 내공이 있을까. 혹시 중학교 정규직 교사 자리를 다시 원하게 될까.

알 수 없다. 아무것도 알 수 없지만 조의 마음을 조금은 짐작해볼 수 있다. 좋은 연주를 계속 해내야 한다는 압박감, 계속 무대가 주어질지 걱정하는 불안감 같은 것을. 음악의 세계에서 결승점은 없다. 다다를 수가 없다. 돌아서면 물거품이기 때문이다. 어제 기가 막힌 연주를 보여줬다 해도 오늘 엉망이면 누군가의 눈에는 그냥 엉망인 뮤지션이 되기 때문이다. 그런 점에서 도로테아는 정말 대단하다. 그 무서운 뉴욕의 재즈계에서 살아남은 사람이니까. 매일 무대에 올라 새롭게 살아남는 중이니까. 픽사여, 이런 정글 같은 세상을 보여줘도 되는가.

어른들은 아이들을 속인다. 꿈을 가지고 노력하면 멋진 결승점에 다다르게 될 거야. 일단 입시를 열심히 해서 대학에 가면 세상이 바뀔 거야. 아니었나? 아, 미안. 좋은 곳에 취직하면 세상이 바뀔 거야. 아니었나? 아, 미안. 열심히 일하고 재테크도 잘해서 좋은 아파트를 사면 그때 진짜 바뀔 거야. 나를 믿어. 아, 아니었어? 근데 네가 마음의 소리에 너무 귀를 기울이지 않은 것 아닐까? 진정한 꿈과 진정한 너 자신을 찾아야지. 여기 인스타그램을 봐. 이 사람은 이루었잖아. 여기 모든 것을 갖춘 완벽한 인생이 있잖아.

다행히 요즘 젊은이들은 본질이 그게 아님을 눈치챈 것 같지만 더 이상 속지 않는다 해도 문제는 뾰족한 수가 없다는 것이다. 영화가 끝날 즈음, 조는 떨어지는 낙엽을 보고 충만감을 느낀다. 좋다. 하지만 그것도 잠깐이지. 매번 그렇게 느낄 수는 없으니까. 열심히 살기로 어디 가서 빠지지 않는 노력왕 친구는 영화관을 나오면서 이렇게 말했다. "너무 슬프잖아. 이런 결론이면, 아무리 노력해도 이렇게 흘러가는 게 인생의 전부라면 너무 슬프잖아."

〈EBS 스페이스 공감〉은 그 후에도 나를 몇 번 더 불러주었고 어떤 때엔 불러주지 않았다. 음악 프로그램에 나갈 수 있느냐 아니냐가 중요했던 시기도 있었지만, 지금은 그렇지 않다. 물론 불러주면 기쁘다. 하지만 내게는 비슷한 무게의, 다른 중요한 일이 생겼다. 강아지 흑당이와 하는 산책, 새로운 코스의 개발, 새로운 강아지 친구와의 만남, 최근의 간식 취향 등을 파악해야 한다. 또한 최근의 물 마시는 속도, 사료에 대한 기호성의 변화 등도 파악해야 한다. 고양이 꼬마의 화장실 상태도 체크해야 하고, 화장실 모래를 전체 갈이 할 때 어떻게 해야 허리에 무리가 가지 않는지도 연구해야 한다. 무슨 채소를 어떻게 볶아야 맛있을지, 라면 물이 끓는 동안 무슨 춤을 춰야 할지도 고안해야 한다. 언제까지고 잘 지낼 순 없다는 것을 알지만, 그 기간을 최대한 늘리고 싶다. 이것이 현재 나의 가장 큰 목표이자 소원이다.

비눗방울을 계속 불 수 있느냐 아니냐의 문제도 여전히 남아 있다. 가끔은 그 문제가 아주 크게 느껴지지만 이 또한 별 뾰족한 수가 없다. 시뻘건 얼굴로 계속 불어보는 수밖에 없는 것이다. 심폐지구력을 늘려볼 순 있겠다. 아, 그리고 푸른 조명에 대한 집착은 간단히 없어졌다. 단독 공연에서 온갖 푸른 조명을 원 없이 써보고 해소되었다. 하지만 유체 이탈이라도 하지 않는 한 조명 아래 노래하고 있는 내 모

습을 내가 볼 수는 없기 때문에 소원이 이루어진 기
분은 들지 않는다.

예술과 무대와 직업과 사람

최근 음악 다큐멘터리를 두 편 보았다. 하나는 에단 호크가 감독한 〈피아니스트 세이모어의 뉴욕 소네트〉(2014), 다른 하나는 밴드 메탈리카의 8집 앨범 작업기를 담은 〈메탈리카: 썸 카인드 오브 몬스터〉(2004)다. 만약 어떤 영화제에서 두 영화를 하나의 프로그램으로 묶어서 상영한다면 기획자는 항의를 들을 수도 있겠다. '음악'이라는 아주 넓은 범위의 키워드를 제외한다면 두 영화는 완전히 결이 다르기 때문이다. 비유하자면 브람스의 〈간주곡 A장조: 작품번호 118 중 제2번〉의 정서와 메탈리카의 메가히트곡 〈마스터 오브 퍼펫츠〉의 정서만큼 다르다(한번 들어보시라고 새삼 적어보았습니다. 둘 다 멋진 곡입니다).

세이모어도 메탈리카도 범주상으로는 같은 음

악인이지만, 삶의 결은 많이 다르다. 피아니스트 세이모어 번스타인은 무대에 서겠다는 생각을 일찌감치 내려놓고 선생님으로서 살아가는 사람이다. 메탈리카는 지구에서 가장 큰 무대들을 20년 넘게(다큐 촬영 당시 기준이고 지금까지는 40년 가까이) 들었다 났다 하고 있는 밴드다. 세이모어 번스타인은 4시간을 연습해도 안 되면 8시간을 연습하면 된다고 담담하게 말한다. 메탈리카는 밤새 마신 술이 깨지 않은 상태로 10만 명 앞에서 공연을 한다. 그런 포인트는 비난거리가 아니고 오히려 그들을 빛내주기도 한다. 록 스타이기 때문이다. 대화의 톤도 다르다. 세이모어 선생님은 작고 하얀 뉴욕의 레스토랑에서 클래식 음악 평론가가 된 제자를 만나 조근조근 음악의 아름다움에 대해 이야기를 나눈다. 메탈리카 멤버들은 앰프가 가득 쌓인 LA의 창고에서 단어마다 'Fxxx'을 붙이고 삿대질을 하며 음악을 하는 괴로움을 표출한다.

어떤 사람에게는 익숙하고 어떤 사람에게는 생소한 얘기를 해보겠다. 메탈리카는 1981년에 결성되었다. 1983년에 낸 첫 앨범부터 이미 최고였다.

1986년에 나온 3집 《마스터 오브 퍼펫츠》는 온 지구를 뒤집었다. 메탈리카에 대한 호불호는 제쳐두고 이 밴드가 메탈이라고 하는 음악 장르의 문법을 만드는 데 크게 기여했다는 사실에 반박할 사람은 거의 없을 것이다. 아직 감이 오지 않는 사람을 위해 숫자를 꺼내자면 메탈리카의 앨범은 지금까지 1억 3천만 장 팔렸다. 한 장르의 신이 되는 것은 어떤 기분일까. 이 다큐를 보니 좀 별로인 것 같지만.

다큐 〈메탈리카: 썸 카인드 오브 몬스터〉의 감독은 처음에는 거장의 작업기를 담을 생각이었을 것이다. '당신들이 좋아하는 메탈리카의 음악은 이런 놀라운 과정으로 만들어집니다!' 하지만 오랜 시간을 함께한 베이시스트 제이슨 뉴스테드가 팀을 나가고 메탈리카라는 배에는 큰 균열이 생긴다. 메탈리카는 상황을 해결하기 위해 월 4천만 원을 주고 심리상담사를 고용하는데, 그때부터 이 영화는 거장 록 스타들의 이야기에서 충돌하고 절망하고 붕괴하는 인간들의 이야기가 된다. 정신을 날려버릴 끝내주는 연주가 아닌, 이미 날아가버린 본인들의 정신을 붙잡고 테이블에 둥그렇게 앉아 얼굴을 감싸는 메탈리카를 보게 된다. 분노를 터트리는 가사와는 다르게 분노를 잠재우고 멱살을 잡지 않으려고 애쓰며 말을 고르는 모습을 보게 된다. 당연하다. '와장창'으로는 무엇도 이룰 수 없다.

메탈리카의 8집은 2003년에 발표되었고, 이 다큐는 2004년에 공개되었다. 미국은 어떤지 모르겠지만 당시 한국 록계에는 메탈이라는 장르를 신성시하는 분위기가 있었다. 예상대로 어떤 팬들은 곡소리를 냈다. "우리 형들이 이럴 리가 없어…." 이어지는 말은 더 놀라웠다. "메탈리카가 팔려야 된다는 생각을 하면서 음악을 만들다니…." 마치 오래 믿고 있던 종교가 무너진 듯한 뉘앙스였다. 나는 당시 전업 음악인이 아니었지만 한참을 생각했다. 한국에서 록 음악은 뭘까. 대중음악은 뭘까. 순수한 예술이란 뭘까. 저항의 상징이란 뭘까. 아아, 록이여.

내 눈에 메탈리카는 근속 직장인들처럼 보였다. 그것도 아주 난처한 상황에 빠진. 20년간 같은 사람들이랑 한 부서에서 일했는데, 딱 세 명 남은 팀원이 모두 갑부에 슈퍼스타가 되었다. 프로젝트는 놀랍게도 계속 엄청난 성공을 거두었고, 사람들은 다음 프로젝트도 엄청난 성공을 거두길 기대한다. 동시에 엄청나게 망하길 기대하는 마음도 있다. 높게 올라간 무언가가 추락하는 모습을 보는 건 재미있으니까. 10만 명의 환호 속에서 공연을 하는 메탈리카는 신이나 다름없다. 하지만 결국은 그냥 인간이라 심한 압박감을 느낀다. 압박감이 크니 하하호호 할 수가 없는데 카메라는 눈앞에서 계속 돌아간다. 어쩔 수 없이 창고에 들어가서 연주를 시작하지만, 보컬은 드러머의 연주가 싫고 드러머는 보컬의 가사와 멜로디가 마음에 안 든다. 빠직빠직하는 분위기가 싫은 리드기타는 달관한 표정으로 서핑을 하러 간다.

음악을 만들고 나서 처음으로 알게 된 것이 있다. 리스너들이 음악인에게 평범하게 바라는 것이 사실은 얼마나 어려운지에 대하여. 나는 팬으로서 바랐다. 내가 좋아하는 뮤지션들이 예전의 장점은 그대로 가진 채로, 자기복제가 아닌, 익숙하지만 어딘가 새로운 느낌의 음악을 발표하길. 쩨쩨하게 유행을 의식하지는 않길, 하지만 뒤처지지도 않길. 쉬지 않고 일하면서 그 와중에 어디선가 놀랄 만한 영감을 잘 얻어뒀다가 성실하게 표현하길. 하늘 아래 새로운 것은 없다지만 그래도 어떻게든 나를 놀래키길. 여하튼 앞서 나가길, 어디가 앞인지 모르겠지만 여하튼. 이 무슨 청기 올려 백기 내리지 마, 뜨거운 아이스아메리카노 주세요 같은 말인가. 하지만 해내야 한다. 메탈리카는 메탈의 신이니까.

록 음악계에는 '27세 클럽'이라는 말이 있다. 지미 헨드릭스, 짐 모리슨, 재니스 조플린, 커트 코베인, 에이미 와인하우스가 만 27세에 세상을 떠났다. 실제로 음악을 하는 친구들끼리 만 27세, 한국 나이 29세가 되었을 때 "어 우리 이제 만 27세 넘는 거네. 천재는 아닌가 봐?"라는 농담을 하기도 했다. 나는 웃었지만 그때도, 지금도 27세 클럽이라는 말은 잔인한 표현이라고 생각한다. "역시 스물일곱에 죽었지?" 하고 눈을 빛내면서 얘기하는 사람을 보면 더욱 그렇다. 천재의 요절은 간단히 미화되고 소비된다. 개인적인 생각이지만 27세를 넘겼든 아니든 사람은 살아야 한다고 생각한다. 가능한 한 행복하게.

메탈리카의 보컬 제임스 헷필드는 개인적인 문제까지 겹쳐서 재활원에 들어가고 앨범 작업은 1년간 중단된다. 술과 마약과 로큰롤의 시간은 끝난 것이다. 다큐에는 그가 발레 학원에 간 어린 딸을 기다렸다가 안아주는 장면이 나온다. 그 장면을 싫어하는 사람도 있었다고 들었다. "나의 메탈리카는 그렇지 않아!" 아니다. 저 사람이 바로 메탈리카다.

피아니스트 세이모어 번스타인은 1927년생이다. 그는 클리포드 커즌 같은 대가 밑에서 공부를 했고 1969년에 데뷔를 했는데 협연 상대는 시카고 심포니 오케스트라였다. 예술계에서 이런 케이스는 흔하지 않다. 아주 뛰어난 재능을 갖고 태어난 사람이, 엄청나게 노력을 했는데, 운까지 따라준 상황이다. 그리고 성공적인 활동을 이어나가다 1977년에 연주자 생활을 접고 선생님이 되기로 한다. 〈피아니스트 세이모어의 뉴욕 소네트〉는 그가 몇십 년 만에 다시 공연을 준비하는 과정을 찬찬히 보여준다. 〈메탈리카: 썸 카인드 오브 몬스터〉에서 맥주 냄새와 땀 냄새가 났다면 이 영화에서는 구석에 누가 향이라도 피운 듯 고고한 향이 난다.

그는 음악을 사랑하고, 경외한다. 음악에 담긴 아름다움을 제대로 표현하기 위해 인생을 사는 사람 같다. 마치 수도승처럼. 주변의 많은 음악인들이 이 다큐를 보고 감동했고 나 또한 그랬다. 어느 정도냐면 영화를 본 그다음 주에 중고 영창 피아노를 집에 들이고, 피아노 레슨을 시작했을 정도다.

세이모어 번스타인은 왜 무대를 등졌을까. 그가 닫아버린 상자는 무엇이고 왜 닫아야만 했을까. 자신에게 중요한 무언가를 지키기 위해 사람은 어떻게 살아야 하는가.

내가 알 턱이 없다. 하지만 누군가가 무언가를 사랑하고 지키는 방식에 대해 생각해본다. 세이모어 번스타인은 어쩌면 소중한 음악을 계속 사랑하기 위해 무대에서 내려왔을지도 모른다. 메탈리카는 10만 명의 관객이 기다리고 있는 무대에 다시 제대로 오르기 위해 야단법석을 피웠는지도 모른다. 무대에서 내려오는 마음과 무대에 올라가는 마음, 둘은 달라 보여도 어쩌면 같은 마음일지도 모르겠다. 사랑에 잡아먹히고 싶지 않은 마음, 삼켜지고 싶지 않은 마음. 영화 말미에 메탈리카의 드러머 라스 울리히는 이렇게 외친다. "우리는 성공했어! 건강한 마음으로 이렇게 공격적인 음악을 만들 수 있단 걸 증명했어!" 그는 진심으로 기뻐 보였고 반도의 인디 뮤지션인 나도 기뻤다.

아, 그나저나 다큐멘터리 속에 동네 소박한 할아버지 선생님처럼 나왔던 세이모어 번스타인은 알

고 보니 피아니스트들에게 경전과도 같다는 전설의
책 『자기발견을 향한 피아노 연습』의 저자였다. 그
가 강의를 나간다는 동네 대학은 뉴욕대 음대였다.
그럼 그럼.

영원하지 않다는 것

'살롱 바다비'라는 클럽이 있었다. 있다, 가 아니고 있었다. 아주 작은 곳이었다. 관객이 스무 명 정도 들어오면 꽉 찼다는 생각이 들 정도로 작았다. 작은 클럽이 많은 홍대에서도 작은 곳이었다.

　나는 작은 공간에서 노래를 할 때 마음이 편하지 않다. 발생할 수 있는 위험 요소가 두렵다. 예를 들어 관객과의 거리가 너무 가까워서 그 기운이 직접적으로 느껴지는 것. 누군가 바로 앞에서 팔짱을 끼고 공연을 보다가 노래하는 중간에 일어서서 나가버린다는 상상을 해보자. 나는 벌써 목뒤가 굳는 기분이다. 그 부분은 눈을 감고 노래하는 것으로 해결한다고 해도 기술적인 문제가 남아 있다. 처음부터 공연장으로 설계되지 않은 곳(갤러리나 독립서점 등)에서는 음향의 밸런스를 잡기가 쉽지 않다. 그런 곳에서 공연을 할 때는 마음의 준비를 단단히 한다. 변수가 많기 때문이다.

하지만 바다비는 달랐다. 바다비의 음향은 항상 최상이었다. 다른 음악인들은 생각이 다를 수도 있지만 나는 그렇게 느꼈다. 처음부터 공연장으로 설계된 공간도 아니었고 엄청난 장비가 있지도 않았다. 전문 엔지니어가 음향을 맡은 것도 아니었다. 소리를 만지는 털보 사장님은 시인이었다. 바다비의 무대를 떠올리면, 마치 나와 함께 달리기를 해줄 것 같은 표정의 관객들과, 콘솔 앞에 선 털보 사장님의 미소와, 아주 가까워서 실제로 열감이 느껴지던 따뜻한 조명과 높은 습도의 공기가 생각난다. 눈을 감고 노래를 하다가 문득, 아 오늘 멀리까지 갈 수 있겠구나, 하고 생각했던 것도. 우연과 마음이 겹치면 이런 다정한 아름다움에 닿을 수 있다. 언젠가 공연을 통째로 녹음해서 앨범으로 만든다면 바다비에서 하면 좋겠다고 생각했다.

살롱 바다비는 2015년에 문을 닫았다.

바다비 사장님의 인터뷰에 이런 구절이 있었다. "바다비는 흘러가는 곳이에요. 사람들은 계속 흘러

가는 거죠. 창작자도 대중들도 이곳에 묶어둘 수 없어요." 나도 흘러갔다. 내 음악을 듣는 사람들이 많아졌고, 나는 더 큰 공연장으로 갔다. 규모는 커질 때도 있었고 작아질 때도 있었다. 정말 흘러가는 것이었다. 마치 물결처럼, 컨트롤할 수 없다. 그래도 가끔은 어딘가로 돌아가고 싶어서 1년에 한 번씩 바다비의 무대에 섰다. 노래로 멀리 갈 수 있을 것 같은 그 기분, 관객과 공간이 동시에 내 등을 밀어주는 기분을 느끼고 싶어서. 분명하고 소중한 장소가 여전히 있다는 것을 확인하고 싶어서.

뮤지션은 자신의 방에서, 연습실에서, 공연장에서 성장한다. 무대에는 생각보다 신경 써야 할 요소가 많다. 예를 들어 처음 가보는 공간이라면 소리가 어떤 식으로 울리는지, 저음이 강조되는지, 또는 깎이는지 등을 먼저 파악해야 한다. 익숙하지 않은 공간에서 몰입하는 방법도 찾아야 한다. 스스로의 긴장을 푸는 법도, 관객의 긴장을 푸는 법도 익혀야 한다. 어떻게 해야 첫 음을 내는 순간 사람들이 음악에 빠질 수 있을지, 다른 세상에 왔다는 느낌을 받을 수 있을지도 생각해야 한다. 아무리 천재 뮤지션이라고 해도 무대에 오르기 전에는 알 수 없다. 상상과 실제는 많이 다르니까.

어떤 뮤지션들은 클럽에서 그 훈련을 시작한다. 어색한 멘트를 하다가 길을 잃기도 하고, 첫 음을 내기 전에 몇 초 정도 쉬면 좋은지 등을 배운다. 박수가 어느 정도 잦아들었을 때 감사합니다, 하고 말하면 좋은지도 배운다. 그리고 음악이 공간을 가득 채웠을 때 관객의 눈을 보는 것이 어떤 일인지, 라이브 그러니까 사라지는 현재를 함께한다는 것이 얼마나 놀라운 일인지 알게 된다.

많은 뮤지션들이 홍대에서 음악을 시작했다. 자우림, 크라잉넛은 이미 전설이다. 나와 비슷한 시기에 클럽에서 공연을 하던 뮤지션은 브로콜리너마저, 장기하와 얼굴들 등이 있다.어떤 운 좋은 관객은 시작하는 에너지로 가득 찬 장기하와 얼굴들의 공연을 단돈 2만 원에 눈앞에서 봤던 것이다(게다가 원 프리 드링크). 클럽은 그런 곳이다. 아주 재미있는 무언가가 계속 생겨나고 자라는 곳.

그리고 코로나 시대가 왔다. 올해로 3년째다. 문화예술은 힘든 시기에 정신적으로 힘이 되어주지만,

어떨 땐 먼저 제쳐지기도 한다. 병이 퍼져나가는 것을 막기 위해 많은 규제가 생겼고 많은 사람들이 힘들어했다. 기준을 빨리 만들어 적용하느라 담당자들도 힘들었을 것이다. 공연업계에 적용된 룰은 엄격했다. 특히 대중음악 공연이 그랬다. 공연장에서 감염된 사례가 한 번도 없음에도 불구하고 그랬다. 왜 그럴까 궁금하던 차에 댓글을 하나 보았다. "어딜 감히 이 시국에 공연을 해?"

나는 그때 많은 것을 알게 되었다. 어딜 감히. 누군가에게 내 직업은 그런 것이었다. 일이 없어지고, 수입이 줄어들고, 통장 잔고가 줄어들고, 내년엔 어떻게 살아야 할지에 대한 걱정보다 저 말이 훨씬 무서웠다.

2021년 2월 27일 토요일 저녁, 방역 수칙을 철저히 지키며 공연을 준비한 클럽이 있었다. 관계자는 2주 전 해당 관청인 마포구청에 전화를 하여 진행이 가능하다는 답을 들은 상태였다. 수칙이 자주 바뀌고 그에 따른 취소가 많아 공연 관계자들은 체크에 도가 텄을 것이다. 밴드는 리허설을 하고 본 공연을 기다리고 있었다. 관객들은 공연장에 모였다. 그런데 구청에서 갑자기 사람이 나왔다. 공연을 중단시켰다. 모두가 당황했다. 왜냐하면 공연은 친구와 저녁 약속을 잡는 것과는 다른 일이기 때문이다. 나의 경우, 공연을 한 번 하기 위해 적어도 두 달 정도의 연습 기간을 잡는다. 그것은 나와 함께하는 연주인들도 함께 두 달의 시간을 쓴다는 뜻이다. 그리고 음향과 조명 일을 하며 살아가는 사람들이 있고, 공연 기획을 전문으로 하는 사람도 있다. 공연장은 매달 월세를 내며 공간을 지킨다. 그리고 무엇보다 그 공연을 손꼽아 기다리던 관객이 있다. 나는 그 소식을 보자마자 지방에서 올라온 관객을 생각하며 아찔해졌다. 다음은 더 끔찍했다. 마포구청 관계자는 이 사건에 대해 이렇게 말했다. "세종문화회관 같은 곳이 공연장"이고 "일반음식점에서 하는 칠순잔치 같은 건 코로나19 전에야 그냥 넘어갔던 거지, 코로나19 이후에는 당연히 안 되는 것 아니겠냐"고.

화가 났다. 세종문화회관에서 공연을 하는 음악인과, 클럽에서 공연을 하는 음악인은 다른 존재가 아니다. 클럽에서 성장을 하여 세종문화회관에 가기도 하고, 세종문화회관에서 공연을 하는 뮤지션이 고향에 돌아오는 것처럼 클럽에서 공연을 하기도 한다. 문화 생태계를 전혀 이해하지 못한 무신경한 말에 화가 났고, 다른 어디도 아닌, 한국에서 클럽이 제일 많은 지역인 마포구의 관계자가 그런 말을 했다는 사실에도 화가 났다.

트위터에 의견을 적었더니 누가 이런 멘션을 보냈다. "웃기고 있네. 니 공연이 칠순잔치만큼 가치가 있을 것 같아?" 사람은 어쩌면 거친 반대보다 '너는 필요조차 없는데?' 같은 말을 들을 때 회의감을 느끼는지도 모르겠다.

사람들은 캠페인을 시작했다. #LiveMusicLives, #우리의공연우리의일터, 라는 해시태그로 글을 올렸다. 음악도 일입니다, 이것은 제 생업입니다. 가끔 여기서부터 논의를 시작해야 될 때가 있다. 다행히 마포구청은 답을 주었다. 방역 지침을 준수한다면 클럽에서도 다시 공연을 할 수 있다고. 하지만 아직 나아갈 길은 멀다. 관련 법도 복잡하다(클럽이 일반 음식점으로 등록하고 영업할 수밖에 없는 사정에 대해서는 생략하겠다).

2021년 3월 10일, 이소라의 공연이 취소되었다. 공연이 열리기 8일 전의 일이었다. 이미 한 번 미뤄

진 공연이었다. 아마 새로운 지침을 마지막까지 기다리다가 취소했을 것으로 추측한다. 당시 대중음악 콘서트는 뮤지컬이나 클래식 공연과 다른 기준을 적용받았다. 같은 공연장에서 열리는 공연도 장르에 따라 적용되는 기준이 달랐다. 대중음악이란 뭘까. 일종의 필요 없는 소란 같은 것일까.

서울의 을지로에는 '호텔수선화'라는 카페 겸 바가 있다. 공연도 하는 작고 쿨한 공간이다. 우리가 잘 아는 많은 아티스트들이 그곳에서 화보를 찍었다. 세상에는 주류에서 살짝 비껴간, 신기하고 재미나고 작은 것들을 좋아하는 사람들이 있다. 어느 시대에나 항상 있다. 그들은 묘하고 이상하고 멋진 공간을 만든다. 소문이 나면 재미있는 사람들이 더 모이고, 그렇게 문화의 새로운 줄기가 생긴다. 줄기가 굵을지 가늘지는, 어디까지 뻗을지는 전부 나중에 알 수 있다. 가끔 독특한 열매가 열리면 자본가들이 똑 따 먹으러 오기도 한다. 좋고 나쁘고를 떠나서 문화는 그런 식으로 돌고 돈다. 더 우월한 쪽도, 더 중요한 쪽도 없다.

모든 것은 연결되어 있다.

바다비가 문을 닫던 날, 나는 사정이 생겨 갈 수 없었다. 어떤 분이 바다비의 무대에 깔려 있던 나무 조각을 가져가지 않겠느냐고 제안해주셨다. 나는 너무 감사하다고, 꼭 가져가겠다고 말했다. 아주 큰 나무 조각이었다. 아마 옮기기도, 가지고 있기도 많이 힘드셨을 것이다. 나는 이사를 하고 어쩌고, 지금은 생각도 안 나는 항상 있는 급한 일을 처리하느라 날짜를 미루고, 또 미루었다. 부끄럽고 죄송하다. 그분은 그 나무 조각을 처분했을 것이다. 당연하다. 무엇이 진짜 중요한 일인지 그순간 알 수 있다면 좋을 텐데, 나는 그걸 모른 탓에 인생의 소중한 조각을 가질 기회를 놓쳐버렸다. 돌이켜보면 바다비에서 언젠가 라이브 앨범을 만들어야지, 하는 생각은 정말 순진했다. 무슨 근거로 모든 것이 영원하다고 생각했던 걸까.

얼마 전 '벨로주 홍대'에서 공연을 했다. 벨로주에서 공연을 한다는 것은 나에겐 이런 의미다. 별 말을 하지 않아도 내 목소리의 특성과 곡의 특징을 잘 알고 있는 엔지니어와 일한다는 것. 어떻게 소리가 울릴지 파악하고 있는 공간에서 소리를 낸다는 것. 처음부터 새로 쌓는 것이 아닌, 이미 쌓여 있는 곳에서, 안심하고, 더 높이 올라가려는 시도를 해볼 수 있다는 것. 소중한 것이 사라지지 않게 하는 마법은 모르지만, 소중한 것을 새삼 소중하게 생각하는 방법을 배우고 있다.

보여지는 직업

인터뷰가 많던 시절이 있었다. 인터뷰는 누군가가 나를 궁금해해야 성립한다. 그런 때가 있었다.

힙하다는 사람들이 인터뷰를 하자고 하면 일단 기분이 좋다. 촬영장에 가면 평소에 못 보던 옷도 있고, 헤어 메이크업의 고수도 있고, 천장도 높고, 조명도 멋지고, 카메라도 비싸 보이고, 좌우지간 멋지다는 생각이 든다. 하지만 동시에 진 빠지는 상황이기도 하다. 성립시켜야 하니까. 평소에 만져보지도 못한 옷과 높은 천장과 밝은 조명에 지지 않는 사람, 잡아먹히지 않는 사람이 되어야 하니까. 근데 이건 되고 싶다고 마음먹는다고 되는 일이 아니고 열심히 한다고 되는 일도 아니다. 어렵다.

하지만 어렵다고 집에 가버릴 순 없다. 지금 내가 잘해야 잡지에 실을 만한 A컷이 나올 테고, 그게 빨리 나와야 사람들이 퇴근을 할 테니까.

탈의실에 걸려 있는 옷을 보면 오늘 나에게 무엇을 기대하는지 알 수 있다. 『엘르』의 촬영장에는 그물망이 하나 있었다. 『보그』의 촬영장에는 전신 타이즈가 있었다. 『블링』에서는 재킷이 하나 덩그러니 있었다. 상반신에 아무것도 입지 말고 재킷만 입자고 했다. 그려… 이런 걸 해야 하나 보다. 이 사람들이 나한테 끌어내고 싶은 모습이 오늘은 이쪽인가 보다. 불쾌감이나 수치감 같은 감정은 전혀 들지 않았다. 의무감에 가까웠던 것 같다. 수행해야 하는 직무 같은 것. 다시 한번 말하자면 상황을 성립시켜야 하니까.

잡지를 만드는 사람들, 그리고 지면을 보는 독자들이, 그 바쁜 사람들이 피사체에게 기대하는 것은 무엇일까. 시선을 멈추게 하려면 어떻게 해야 할까. 키워드를 생각해보자면 일단 매력, 카리스마, 포스, 에너지, 유니크함, 결국은 어떤 방향의 아름다움일 것이다. 그 지점에 이르려면 여러 가지 방법이 있을 텐데 피사체가 젊은 여성인 경우 아주 간단한 길이 있다. 성적인 코드를 쓰는 것이다. 젊은 여성이 헐벗으면 사람들이 쳐다본다. 대중문화의 역사에서 아주 예전부터, 지금까지도 잘 통하는 코드다.

언젠가의 『엘르』 촬영장. 나는 그물망을 둘러쓰고 나와서 다리를 엑스 자로 교차하고 앉은 후, 배와 척추에 티 나지 않게 힘을 주며 상체를 펴고, 소품으로 가져와달라고 부탁받았던 기타를 쓰다듬었다. 이십 대 여자 뮤지션, 스모키메이크업, 머리는 치렁치렁, 상체에는 그물망, 하체에는 조그만 반바지, 훤하게 드러난 허벅지, 멍한 눈빛, 기타를 묘한 손길로 쓰다듬으면, 에휴, 백발백중이다. 촬영은 금방 끝났다.

나는 그들을 비난하는 것이 아니다. 10년 전은 지금과 분위기가 달랐다(같은 부분도 여전히 있지만 그 또한 간단히 비난하고 싶지 않다). 그들은 나의 여러 가지 모습 중 하나를 골랐고 나는 쿵짝을 맞췄다. 하지만 스펙트럼에 대해 한 발 늦게 생각해본다.

나는 어떤 시기에 어떤 모습을 특히 많이 요구받았는가. 같은 시기에 다른 성별의 뮤지션들은 어떤 것을 요구받았는가. 어느 쪽의 스펙트럼이 넓고, 어느 쪽이 좁았는가. 왜 어떤 여성 뮤지션에게는 하얗고 나풀거리는 옷을 입히고, 그 옆의 나에게는 검고 몸에 딱 붙는 옷을 입혔을까. 여성을 흑과 백으로 나눴을 때 얻게 되는 간편한 효과는 무엇인가. 그 과정에서 나의 의지와 그들의 의지는 어떤 식으로 섞였는가. 사회 분위기는 어떤 식으로 결정에 영향을 미쳤는가.

요즘은 인터뷰가 있으면 평소에 입던 옷을 입고 간다. 화장도 혼자서 간단히 한다. 10분 정도 걸린다. 편하게 오라고 하면 편하게 가는데 그 의미가 달랐다는 것을 나중에 알고 머쓱해질 때도 있다. 기자의 '편하게'는 진짜 편하게 오라는 뜻이 아니고, 갖은 공을 들여 편해 보이는 모습을 연출해 오라는 뜻이었는데 내가 오해했다. 포토그래퍼가 '편하게 툭 앉아보세요'라고 말할 때도 진짜 편하게 앉으면 안 된다. 배와 허리에 힘을 풀고 앉아도 된다는 뜻이 아니다. 제대로 속근육을 써서 근육을 쓰는 티조차 내지 말라는 뜻이다. '자연스럽게 있으세요'라는 말은 '나는 당신을 모르고 지금 몹시 어색합니다'라는 속마음을 자연스럽게 꺼내도 된다는 뜻이 아니다. 카메라 너머에는 누군가가 있다. 누군가 나를 보고 있다. 나는 보여지는 중이고, 보여지는 인간은 매력적이어야 한다. 그리고 누군가를 매력적으로 느끼는 시각에는 많은 사회적 층위가 녹아 있다. 시대에 따라 그 좁은 관문의 기준은 다르다. 하지만 관문은 항상 존재한다.

요즘은 사십대 이후의 동종 업계인들에 대한 생각을 자주 한다. 매력적이라는 말을 듣고 있는 대단한 사람들, 체형은 어떻더라, 표정은 어떻더라, 남자의 경우는 어떻고, 여자의 경우는 어떻더라, 그 이분법에 들어가지 않는 사람들은 또 어떻더라, 허용되는 캐릭터는 어느 쪽이 넓더라, '관리'라는 단어는 어느 쪽에 자주 쓰이더라. 인터넷을 하다가 오늘도 본다. 인터넷을 하면 매일 본다. '헉 애 엄마 맞아?'라는 제목의 기사. 중년 여성이 젊은 몸을 계속 유지할 때 받는 즉각적 열광이 있다. 그러지 못할 때 받는 얄팍한 조롱이 있다. 그가 직업적으로 어떤 성취를 거두었는지는 상관 없다. 때로는 그 성취를 완전히 덮어버리기도 한다.

기혼, 중년, 여성 예술가가 되고서야 알게 된 것들이 있다. 45킬로, 27세 미혼 여자로 살다가 65킬로, 42세 기혼 여자가 되니 어떤 차이가 느껴진다.

내 내면과 상관없이 세상의 온도가 어떻게 달라졌는지를 느낀다. 한때는 망상 또는 피해의식이라고 생각했지만 여러 권의 책을 읽고 온 세상에 사례가 차고 넘친다는 것을 알았다. '아줌마'라는 단어는 무시무시하다. 그 단어 앞에서는 가끔 모든 것이 사라진다. 그래서 그렇게 많은 사람들이 아줌마로 보이지 않으려고 노력하는 거구나. 나는 아줌마가 맞는데, 동시에 상대에게 아줌마라는 말로 정리되고 싶지 않다. 그나저나 아줌마는 왜 멸칭이 되었을까. 앞에 적은 '간단한 길', '백발백중', '즉각적 열광'의 반대편에 아줌마가 있다. '어려운 길', '백발일중', '점차적 냉담'.

얼마 전에 작업실에서 프로필 사진을 찍었다. 뭔가를 뽐지 않는 사진을 찍고 싶었다. 자연스럽고 싶었다. 그래서 평소에 입던 티셔츠를 입고 스튜디오가 아닌 내 작업실의 낡은 흰 벽 앞에 섰다. 화장도 혼자 간단히 했다. 의도는 용감했지만 벽 앞에 서는 순간 깨달았다. 내가 무슨 자신감으로 이런 짓을 했지? 흰 티셔츠만 입고 멋져 보이려면 제인 버킨으로 다시 태어나야 하는 것 아닌가? 턱살은 어떡하지? 애시당초 자연스러운 나를 누가 좋아하지?

　정신 차려보니 텅 빈 야외 주차장에 누워 있었다. 포토그래퍼가 기가 차는지 한마디 했다.

　"뭘 그렇게 자꾸 하려고 하세요?"

　"그쵸, 제가 이래요."

꼰대에 대한 고찰

'꼰대'라는 단어를 요즘 부쩍 자주 듣는다. 내 마음 속에서 그간 꼰대는 '얄개'와 동급으로서, 옛날 청소 년드라마에서 "우리 담탱이는 정말 꼰대란 말야!" 이런 대사에나 들어가는 단어라고 생각했는데 어느 새 널리 쓰이고 있어 놀랐다. 꼰대가 되지 않으려고 말조심하는 친구도 보이고, 꼰대를 증오하는 글도 종종 보인다. 온 세상이 꼰대를 적극적으로 미워하 는 느낌이다. 그건 꼰대가 늘어서일까? 아니면 세상 이 발전하여 더는 꼰대를 참아줄 수 없어서일까? 그 보다 일단 꼰대의 정의는 무엇일까?

나는 면전에서 꼰대라는 단어를 들은 적이 한 번 있다. 그리 친하지 않은 다양한 나이대의 뮤지션 들이 모여서 오래 수다를 떤 날이었다. 장소는 우리

집 거실이었고 앨범 제작에 대한 이야기가 나왔다. 나는 마음이 편했는지 평소보다 말을 많이 했다. 나의 의견은 '다음 앨범의 제작비를 벌어들일 수 없으면 정규앨범은 내기 힘들다'였다. 물론 이것은 절대로 정설이 아니고 어디까지나 스스로에게 적용하는 기준일 뿐이다. 앨범이야 내고 싶을 때 얼마든지 내도 된다. 단지 제작비와 제작하는 기간에 쓴 기운과 생활비가 날 할퀴고 갈 뿐. 그렇게 얘기했더니 누군가 작게 말했다. "꼰대."

그때부터 그 단어를 의식하기 시작했다. 뜻을 찾아보니 이렇다. "권위적인 사고를 가진 어른이나 선생님을 비하하는 학생들의 은어." BBC는 2019년 자사 페이스북에 오늘의 단어로 'kkondae'를 선정하고 "자신이 항상 옳다고 믿는 나이 많은 사람"이라 풀이했다고 한다. 자신이 항상 옳다고 믿는 나이 많은 사람이라니, 정말 싫고 난처하다. 하지만 내 나이 어느새 마흔둘, 그 꼬리표는 내 가슴팍 근처에서 언제든 붙을 준비를 하고 있었다.

우연히 한 패션지의 인터뷰를 보았다. 그 패션지는 세련되기로 유명한 곳이고 나도 감히 인터뷰를 몇 번 한 적이 있다. 인터뷰의 대상은 Z세대의 크리에이터 35명이었다. 요즘 예술가 젊은이들은 무슨 생각을 하나 궁금해서 찬찬히 읽어보았다. 재미있는 인터뷰였는데 내가 놀랐던 점은 그들에게 던져진 열다섯 가지 질문 중 하나가 '가장 이해하기 싫은 꼰대 문화는?'이었다는 것이다.

나는 살면서 이래저래 인터뷰를 해왔지만 그런 질문을 받은 적이 한 번도 없었다. 질문이 고작 열다섯 개라면 좀 더 나 자신 또는 작업에 대한 질문을 받는 게 더 기쁘지 않을까? 하고 생각했지만 그 또한 나만의 생각이었는지 많은 젊은이가 열띤 대답을 했다.

그들이 꼽은 꼰대 문화는 '단정 짓는 태도'와 '요즘 젊은 애들은~' 하는 말버릇이었다. 오오, 그렇구나. 역시 앞의 질문으로 이어진다. 요즘 들판을 휩쓰는 메뚜기처럼 꼰대가 극성인가? 아니면 사회의식의 발전일까? 그나저나 단정 짓기와 요즘 애들 어쩌고는 그리스시대부터 이어지는 어른들의 재미있는 대화 주제인데… 중장년끼리 사적으로 몰래 하는 건 괜찮지 않을까? 의문이 꼬리에 꼬리를 문다.

의문은 해결하지 못했지만 꼰대는 되기 싫으니 인터넷에 돌아다니는 테스트를 해보았다. 테스트의 이름은 '꼰대성향검사'였다. 나는 최대한 솔직하게 답을 했고 레벨 1이라는 판정을 받았다. 최고는 레벨5. 하지만 가장 낮은 레벨1도 무죄는 아니었다. 레벨1의 명칭은 '투머치토커 훈장님'이었고 그에 따른 솔루션은 '불편하면 속으로 생각해라'였다.

조금 이상하지 않은가. 어떤 답을 해도 이미 훈장님이고 나의 불편함은 숨겨야 한다니. 그럼 나는 불편할 때 어떻게 해? 나는 이들이 중장년에 대해 가지고 있는 적대감에 대해 생각하다가 나의 예전 경험을 돌아보게 되었다.

그러고 보면 별별 소리를 다 들으며 살았다. 기억할 가치가 없어서 잊고 있었을 뿐. "너는 이런 음악 말고 보사노바 같은(?) 음악을 해야 해", "여자 뮤지션들은 왜 맨날 사랑 타령이야?" 더 거슬러 올라가면 "여자가 무슨 작곡을 하고 프로듀스를 해?"마저도 있었다. 야만의 시대였다(지금은 설마 그런 말 안 하겠지). 어떤 때엔 열심히 항의했지만 당연히 효과는 없었다. 항의로 바뀔 사람이라면 그런 말을 애초에 안 했을 것이다. 나는 그들 개개인이 멍청이라고 생각했는데 그런 사람들을 '꼰대'라고 묶을 수 있는 것이었다. 단어로 묶으면 힘이 생긴다. 좋든 나쁘든, 일단은 언어의 힘이다.

꼰대의 반대말은 '참어른'이 아닐까. 누군가가 말했다. "어떤 자리에 가게 되면 계산만 하고 빨리 사라져야 참어른이지." 음, 일리 있다고 생각했다. 내 노하우를 나누려고 해 봐야, 시대와 상황이 다르기 때문에 젊은이들에게 도움이 안 될 가능성이 크다. 게다가 그들은 나눠달라고 한 적도 없다. 내 안에 쌓여버린 환멸과 피로는 아직 낙관적인 그들에게 방해가 될 수도 있다. 그러고 보니 존경하는 모 선배가 나와 친구들이 커피를 마시는 자리에 홀연히 나타나서 봉투를 주고 사라진 적이 있다. 당시에는 그 금액에 우선 놀랐고, 왜 언니는 우리와 놀지 않고 황급히 사라졌는지 궁금했지만, 지금은 조금 알 것 같다.

한때의 루키는 금방 선배가 된다. 허공에 자주 다짐한다. 앞으로 나도 돈만 내고 일어나야지. 돌아가는 길에 맨홀이 보이면 뿅 하고 들어가서 지하 세계에서 눈에 띄지 않게 살아야지. 한(恨)은 혼자 간직하고 풀어놓지 말아야지. 고성방가 하지 말아야지.

그러다가 "앨범을 만드는데 어떻게 해야 할지 몰라서 너무 고생했어요. 물어볼 곳이 없었어요." 이런 인터뷰를 보면 복잡한 마음이 허공을 떠돈다. 참 어른 어렵네.

배우 윤여정이 2021년에 열린 제93회 아카데미 시상식에서 여우조연상을 탔다. 그는 쿨하고, 세련되었고, 말도 통하고, 엄청난 연기력을 갖췄으며, 무엇보다 꼰대가 아니다! 오늘 '윤여정의 탈꼰대 어록'이라는 기사를 보았는데 조회수가 41만이었다. 그에 대해 검색을 하다가 2005년에 했던 인터뷰를 보게 되었다. 젊은 배우들을 어떻게 생각하느냐는 질문에 그는 이렇게 답한다. "좋겠다 그러죠. 길 닦아놓으니까 뭐 지나간다고." 뭐지… 상당히 시원한데….

일본 문화예술계의 대표적인 참어른은 배우 키키 키린일 것이다. 그를 고레에다 히로카즈 감독이 인터뷰한 책 『키키 키린의 말』에는 이런 대목이 나온다. 어떤 직원이 식당을 잘못 예약했고 키키 키린과 일행은 난처한 상황에 빠진다. 키키가 직원을 혼내자 그는 이렇게 대답한다. "공부가 되었습니다."

내가 감동한 부분은 그다음 이어지는 키키의 말이었다. "공부는 밖에서 마치고 와야지 왜 여기서 하고 있나요?" 꾸중을 듣던 직원은 마음속으로 '꼰대'라고 생각했을까. 내 눈에는 진정 참어른의 말로 보인다.

가끔 집에 젊은 뮤지션들이 온다. 나는 파주에 살아서 찾아오기가 쉽지 않을 텐데 서울에서 빨간 광역버스를 타고 자유로를 달려서 온다. 오고 싶다고 말을 꺼내기 전에 왠지 다섯 번 이상 망설였을 것 같아 나는 웬만하면 전부 승낙하고 있다. 그들은 거실에 앉아 한숨을 쉬다가 이런저런 이야기를 꺼낸다. 대부분 나도 겪었던 일이다. 하지만 나에게도 뾰족한 수는 없다. 내 그릇만큼의 말밖에 나오지 않으니 대단한 말을 할 수도 없다. 버티면 괜찮아진다는 거짓말도 할 수 없어서 격려도 잘 나오지 않는다. 하지만 가장 하기 싫은 말은 세상이 원래 그렇다는 말이다. 그래서 안절부절못하다가 커피를 내오고 같이 한숨을 쉰다. 한 잔 더 마실래요? 커피 싫으면 허브티도 있는데….

인간계 아줌마는 오늘도 생각한다

노트북으로 작업을 할 때 언젠가부터 미간을 찡그리고 있었다. 눈도 상당히 건조해졌다. 설마, 하고 안과에 갔다. 무뚝뚝한 전문의가 내 눈에 이런저런 검사를 했다. 그런 다음 커다란 사진을 한 장 모니터에 띄우더니 진지하게 설명을 시작했다. 혈관, 신경, 내가 모르고 있던 눈의 구조. 무슨 얘기를 하려고 이렇게 서론이 긴가 하던 차에 의사가 중간 결론에 다다랐다. "오지은 씨는, 녹내장이, 아닙니다." 간 떨어질 뻔했네! 그러고는 애당초 묻지도 않은 녹내장의 증상과 위험성, 조기 발견의 어려움에 대해 추가 설명을 한 후, 어쩔 수 없다는 느낌으로 슬쩍 말했다.

"그러니까… 말하자면 노안이 온 겁니다. 가까운 곳이 잘 안 보이기 시작하고 눈이 건조하다… 뭐 전형적인 증상이고요."

나는 놀라지 않았다. 이런 일이 일어날 줄 알았다. 난 항상 조숙한 편이었다. 이차성징이 빨리 왔으니 노화도 빨리 올 수 있지 않겠는가.

사람의 노화는 만 26세부터 시작된다고 한다. 미국의 듀크대, UCLA, 영국의 킹스칼리지, 이스라엘의 헤브루대, 뉴질랜드 오타고대가 국제 공동 연구진을 꾸려서 1,037명을 대상으로 38년간 추적조사를 벌여서 낸 결과다. 이런 규모의 연구진과 연구기간, 표본이라면 승복할 수밖에 없다. 그들의 연구에 따르면, 노화가 가장 빨라지는 나이는 만 38세다. 나는 현재 만으로 40세. 게다가 8년 전에 라식수술도 했다. 꽉 찬 스트라이크 아닌가.

그렇다면 어떻게 해야 하나. "그럼 저는 앞으로도 계속 찡그리며 컴퓨터를 봐야 하나요?" 하고 물어보니 의사가 덤덤하게 되묻는다. "직업상 매일 모니터를 보셔야 하는 거죠?" "네 그럼요…." "그럼 안경을 맞추시죠." 갑자기 딴 얘기지만 나는 "이제 모니터를 그만 보세요"라든가 "일을 줄이십시오" 또는 "관두셔야 하는데…" 이런 말을 가볍게 하는 의사를 신뢰하지 않는다. 그렇게 살지 못하니까 제가 당신을 찾아온 것 아니겠습니까. 쥐구멍인 건 어쩔 수 없으니까 일단 볕이 좀 들게 해주시고요….

이런 생각을 하는 사이 의사는 내게 요상한 안경을 씌우고 작은 글씨가 적힌 종이를 눈 가까이 대었다. "잘 보이죠?" 알을 바꿔 끼우고 말했다. "이러면 더 잘 보이죠?" 그리고 자신감 있고 단호하던 좀 전의 톤과는 다른 톤으로 우물쭈물 말했다. "그러니까… 이 안경은 멀리 있는 곳을 보는 안경이 아닌… 가까운 곳의 글씨를 더 잘 보이게 해주는 안경인 겁니다…."

처방전을 들고 동네 안경원에 갔다. 테를 고르고 결제를 하려는데 아까까지 안경점 특유의 밝은 톤으로 이런저런 테를 추천하고 다 잘 어울린다고 웃으며 말하던 점원의 말투가 바뀌었다. 또 우물쭈물이다. "어… 이 안경은 가까운 걸 잘 보고 싶을 때만 쓰시는 거고… 멀리 있는 걸 볼 땐 안 쓰는 거 아시죠…?"

아니 이 사람들, 돋보기라는 단어를 쓰면 하늘에서 물벼락이라도 떨어지는 걸까. 돋보기라고 세 음절로 표현할 수 있는데 왜 저렇게 늘여서 말하지!

곰곰이 생각해보면 그렇다. 안과 전문의나 안경

원의 점원이나, 저 숙련된 조심스러운 태도엔 분명 이유가 있다. 그간 수많은 초보 돋보기 고객을 만났 겠지. 누군가는 놀라거나, 따지거나, 예민해지거나, 받아들이지 않거나 했을 것이다. 나처럼 허구한 날 비극 시뮬레이션을 미리 돌려보면 놀라지 않을 수 있는데(좋다는 뜻은 아니다). 나는 신날 것도 없고 하늘이 무너질 것도 없는 그냥저냥 기분으로 신기한 안경을 하나 가지고 집으로 돌아왔다.

과연 돋보기는 신기했다. 정말 가까이 있는 것 만 잘 보였다. 영화에서 안경을 코끝으로 내리고 누 군가를 쏘아보는 장면이 나오면 그를 까칠한 캐릭터 라고 생각했는데 아니었다. 그렇게 해야만 상대방이 누군지 알아볼 수 있기 때문이었다! 이제 편집자가 계약서를 내밀면 뜸을 들이고 가방에서 미끈한 안경 집을 꺼내어 안경을 척, 하고 걸쳐 쓸 수도 있게 되 었다. 스무 살이 될 때와는 비교가 되지 않는 '진짜 어른'이 되는 느낌이었다. 이쯤 되니 10그램 정도 신 이 났다.

표준국어대사전에서 '어른'이라는 단어를 찾아 보면 맨 위에 "다 자라서 자기 일에 책임을 질 수 있는 사람"이라고 적혀 있다. 곱씹어볼수록 무섭고도 맞는 말이다. 그렇다면 '늙다'라는 단어는 어떨까. "사람이나 동물, 식물 따위가 나이를 많이 먹다. 사람의 경우에는 흔히 중년이 지난 상태"라고 나와 있고, 그다음 "한창때를 지나 쇠퇴하다"라고 적혀 있다. 자기 일에 책임을 지지 못하면 아직 어른이 아닌 것이다. 그리고 늙는다는 것은 한창때를 지나 쇠퇴하는 것이다. 사전은 종종 잔인하다.

얼마 전부터 가방이나 지갑이 거추장스러워 핸드폰 투명 케이스 뒤에 신용카드를 한 장 넣고 다닌다. 그 모습을 보고 누군가 깜짝 놀라 말했다. "아줌마처럼 그게 뭐야!" 나는 실제로 아줌마인데 아줌마처럼 보이면 안 되는 이유는 무엇인가. 그보다 일단 아줌마스러운 행동은 무엇인가. 24세의 드러머가 홍대에서 친구와 이야기를 하고 있다. 커다란 티셔츠에 넉넉한 품의 바지를 입은 그가 주머니에서 핸드폰을 꺼내는데 투명한 고무 케이스는 낡아서 약간 누렇고, 뒤에 신용카드가 한 장 떡 들어 있다. 쿨한데? 하지만 내가 하면 다르다는 거지.

최근 인터넷에서 본 단어 중에 가장 놀라웠던

말은 '줌내'였다. 굳이 설명하자면 아줌마 냄새라는 뜻이다. 굉장히 효과적인 멸칭이다. 그 어떤 글도 '줌내 남'이라는 덧글 하나로 종결시킬 수 있었다. 그 단어를 가장 많이 쓰는 사람은 누구일까. 줌내라는 딱지를 가장 두려워하는 집단은 누구일까.

세상은 어린 여성을 뒤틀린 방식으로 환영하고 좋아하고 욕망한다. 뒤틀린 방식이기에 당사자에게 장기적으로는 도움이 안 될 수도 있다. 예를 들어 갓 입사한 김 모 사원(여성)이 화제의 중심이 되는 방식과 7년 차 김 모 과장(여성)이 화제의 중심이 되는 방식은 다르다. 심지어 김 모 부장(여성)은 존재 여부부터 확실치 않다.

그러니까 이 세상에는 엄청나게 좁은 문이 있다는 거네. 그걸 통과하여 멋진 아줌마가 되려면 일곱 번 산을 넘고 일곱 번 물을 건너 천상계에 가까워져야 한다는 거네. 그런데 그냥 인간계 아줌마도 잘 지낼 수 있다면 좋지 않을까. 산 넘고 물 건널 필요 없이, 특혜는 기대도 하지 않으니까 사회적으로 걸려 있는 마이너스 50퍼센트 효과라도 조금 없애주면 안 될까. 다양한 연령, 스타일, 캐릭터, 얼굴, 말투, 체형으로 문화계 또는 다양한 분야에서 오래 지낼 수 있으면 좋지 않을까. 더 쓰임이 생기면 좋지 않을까. 자기 일에 책임을 지는 변변한 어른이 되기도 어렵고, 쇠퇴라는 개념과 싸우기도 어렵고, 거스를 수 없는 노화 또한 유쾌하지 않은데, 이 다루기 까다로운 아줌마의 굴레까지 상대해야 한다니. 건조한 안구를 누르며 문화예술 아줌마는 오늘도 상념에 젖는다.

3부

진흙탕 속에서 추는 춤

연말은 끔찍했다. 매년 하는 말 같지만 매년 새롭게 최저점을 갱신하는 느낌이다. 가끔은 이 정도의 경험에 '끔찍'이라는 단어를 갖다 써도 되나, 하고 자기검열을 하기도 한다. 또 예술가들이 힘들다고 하는구먼, 하고 읽는 사람이 피로감을 느낄까 봐 걱정도 된다. 하지만 그렇게 말을 빼다 보면 "아 예. 저는 다 괜찮습니다. 화이팅!"이라는 말밖에 남지 않을 것 같아서 적기로 한다. 그래, 끔찍했다!

시간이 많은 12월이었다. 이런저런 위기가 있었지만 역병은 처음이었다. 뮤지션들은 보통 12월이 제일 바쁘다. 12월이 되면 사람들이 들뜨는 기분에 공연을 보러 가기도 하고, 한 해를 정리하는 마음으로 좋아하는 뮤지션의 공연을 예매하는 경우도 있기 때문이다. 다양한 이유로 공연업계는 항상 12월이 대목이었지만 한동안은 그렇지 않았다. 코로나 바이러스 첫해, 공연도 없고 일도 없고 약속도 없었다. 그럼 좋은 영화를 보고 책도 읽고 대청소도 하고 그런 시간을 보냈으면 좋으련만, 아쉽게도 그렇게 흘러가지 않았다. 충만한 마음은 시간이 많다고 자동으로 갖게 되는 것이 아니니까.

나는 넘쳐나는 시간 동안 조금 신기한 것을 발견했는데, 그건 내 머릿속의 서랍이었다. 그 서랍 안에는 굉장히 많은 양의 서류가 들어 있었다. 내용은 다양했으나 서랍에 들어간 사유는 거의 비슷했다. '내가 오버하는 거겠지', '내가 예민한 걸 거야', '좋은 점도 있으니까', '이런 생각 해 봐야 나만 손해지' 등의 필터를 거쳐 처리된 서류들이었다. 나는 그 서류들이 잘 소각된 줄 알았다. 적당히 괴로운 시간을 보내다 도장 찍고 넘기면 사라지는 서류라고 생각했다. 그들이 여기에 모여 있을 줄이야. 그것도 이렇게 선명하게. 덕분에 긴긴 겨울밤 동안 아주 잘 관람했다. 막판에는 머릿속에 단축키까지 생겼는데 인터넷을 하다가 어떤 글을 보면 비슷한 기억으로 1초 만에 점프하여 그 서류가 생생하게 눈앞에 들이밀어지는 것이었다. 당시의 억울함과 분함까지 올라왔다. 정말 사라진 줄 알았는데. 결국 내 마음은 옛날 동화 속 버터가 된 호랑이처럼 빙빙 돌다가 이석증이 도져서 실제로 눈앞이 빙빙 돌게 되었다.

권김현영의 책 『다시는 그전으로 돌아가지 않을 것이다』에는 이런 부분이 있다.

> 2015년 이후 여성 대중이 페미니스트 선언을 통해 고사 직전의 페미니즘을 되살려낸 것은 그래서 필연이었지만 다시 생각해도 기적 같은 일이다. 그리고 이제 5년여의 시간이 흘렀다. 지난 몇 년간 주변 페미니스트들은 모두 과로에 시달렸고 한 번도 경험한 적 없는 시간을 보냈다.
>
> ―권김현영,
> 『다시는 그전으로 돌아가지 않을 것이다』
> (휴머니스트, 2019), 11면.

사실 권김현영이 말하는 '과로'와 '한 번도 경험한 적이 없는 시간'은 내가 지금부터 쓸 얘기와는 조금 다른 얘기이다(그는 이후 페미니즘의 여러 가지 갈래와 최근의 갈등에 관해 서술한다). 하지만 글과 음악은 보고 듣는 사람의 것이니까, 나는 저 대목을 통해 내 마음속의 '과로'와 '한 번도 경험한 적이 없는 시간'의 존재를 의식하게 되었다.

눈을 뜬다는 것은 좋은 일이다. 멋진 일이다. 우리는 영화를 보고 책을 읽고 여행을 떠나고 글을 읽으면서 미처 생각하지 못했던 영역에 다다를 때 아, 하고 멈춘다. 더 나은 자신이 된다는 쾌감마저 느낀다. 하지만 그건 안전한 영역에서만 일어나는 일이다. 실제 내 인생이 주제가 된다면 다르다. 그것은 때때로 비참하고 잔혹하고 지치고 화가 나는 일이 된다. 더 나아가선 유약하고 비겁한 자신의 태도에 죄책감이 들기도 한다. 돌이켜보면 사방이 지뢰였다. 화가 난다. 그리고 지뢰는 내 안에도 있다. 부끄럽다. 그런 생각을 반복하다 보면 기운이 빠진다. 세상은 빨리 변하지 않을 것이고 상황은 반복될 것이고 그걸 겪고 있는 나 자신도 사실은 그다지 괜찮은 인간이 아닐지도 모른다는 생각의 흐름은 사람을 무력하게 만든다. 눈을 뜨기 시작한다는 것은, 이렇게 간단히 적을 수 있지만, 실제로는 전혀 간단한 일이 아니다.

영화 〈더 프롬〉(2020)을 보았다. 드라마 시리즈 '글리'로 유명한 라이언 머피가 감독을 맡았다. 그의 머릿속에는 거대한 색종이 폭죽이라도 있는지, 그가 보여주는 세상은 화려하고 에너지가 넘치고 단순하다. 돕자! 이해하자! 사랑하자! 공감하자! 나는 시큰둥했다. 메릴 스트립과 니콜 키드먼이 춤을 추고 노래를 하는데도 그랬다. 내 탓이든지, 감독 탓이든지, 둘 중 하나겠지. 절대 메릴과 니콜의 탓일 순 없으니까.

주인공 에마는 미국 작은 마을의 레즈비언 고등학생이다. 사랑하는 여자친구 알리사와 함께 졸업파티(프롬)에 참석하려 했지만 학부모회는 참석을 막는다. 그런 와중에 관심을 받고 싶은 브로드웨이의 연예인들이 그 소식을 알게 되고 떠들썩하게 마을에 등장! 우당탕탕 벌어지는 한바탕 소동! 혐오는 옳지 않아용!

난 계속 심드렁했다. 이야기가 중반으로 넘어

갈 때까지도 그랬다. 에마는 자신의 방식대로 세상과 소통하기로 결심하는데 그것은 방에서 기타를 치며 노래를 불러 유튜브에 올리는 방식이었다. 맙소사. 나의 심드렁함은 극에 달했다(아마 내가 바로 방에서 기타를 치며 노래를 불러 유튜브에 올리던 인간이었어서 그랬을 것이다). 그런데 이상하게도, 마음이 조금씩 흔들리는 것이었다. 심지어 1990년대 트렌디 드라마의 엔딩처럼 카메라가 주인공을 가운데에 놓고 빙글빙글 돌고, 사람들이 유튜브 영상에 마법처럼 공감을 하고 조회수가 올라가는 현대판 기적의 순간에 내가 순진하게도 감동을 하고 있었다.

나는 지친 어른이라 에마가 받는 저 관심이 얼마나 짧을지, 에마의 이야기가 어떻게 토막 나서 입맛대로 소비될지, 에마의 인생이 얼마나 납작하게 판단될지, 그가 앞으로 겪게 될 차별은 어떤 것일지, 온갖 냉소적인 포인트들이 떠올랐다. 하지만 그 장면이 좋다는 생각은 바뀌지 않았다. 이유는 에마의 표정에 있었다. 세상을 정면으로 바라보고 용기 있게 걸음을 내딛는 사람의 표정. 그건 그냥 너무 아름다웠다.

이야기는 좋게 좋게 흘러간다. 혐오자들은 회개

하고, 모두가 화합한다. 예쁜 이야기는 가끔은 기운을 주고 가끔은 절망을 준다. 현실은 그렇게 깔끔하고 아름답게 흘러가지 않으니까. 인생은 복잡하고 입장은 다양하고 혐오는 뿌리 깊고 나의 내면은 허약하다. 자, 그러면 어떻게 버텨야 할까. 요즘은 내내 이 생각만 하는 것 같다.

사실은 어떻게 버텨야 할지 이미 알고 있지만. 강아지 고양이 사진을 최대한 많이 보고, 아름다운 것에 최대한 눈이 오래 머무르게 하고, 최대한 잘 쉬는 것. 모자란 자신의 모습대로, 가능한 만큼만 힘을 내는 것. 같은 마음을 주고받는 것. 마지막 말은 간지럽지만 점점 더 중요하다고 느낀다.

에마는 알리사에게 춤을 신청한다. 그때 부르는 〈댄스 위드 유〉는 영화에서 가장 아름다운 노래다. 제작진도 그렇게 생각하는지 마지막에 한 번 더 나온다. '춤이 뭐라고 세상이 바뀌나?' 하고 1초 정도 생각하고 반성했다. 앞으로 무슨 일이 일어나든, 에마와 알리사가 금방 헤어지게 되든, 둘이 원수가 되든, 나중엔 함께 춤을 췄다는 사실조차 희미해지든, 그래도 지금 사랑하는 사람과 춤을 추는 것이 중요하다는 것. 나중에 의미가 변하고, 심지어 없어지더라도, 무슨 상관인가, 지금 이렇게 아름다운데. 춤다 추고 걸어 나가면, 그다음은 진흙탕이라고! 하고 1호선 광인처럼 소리치고 싶은 순간도 있지만, 거기서 벗어나야 비로소 내 서랍도 비워지겠지. 서류를 한 장씩 소각할 수 있겠지. 진흙탕 속에서 추는 춤이 더욱 아름답다는 것, 그 정도는 겨우 알겠다.

흔들리며 달려가는 사람

만화 주인공의 눈동자를 보고 가끔 거리감을 느낄 때가 있다. 특히 소년 만화의 주인공을 볼 때 그렇다. 맑고, 흔들림이 없고, 곧고, 강한 정신이 드러나는 그런 눈. 『드래곤볼』의 손오공이 그랬고, 『헌터×헌터』의 곤이 그랬다. 『원피스』의 루피도 그랬다. 그런 영웅이 보여주는 놀라운 정신력과 힘에 세상은 열광하고, 독자는 기운을 낸다. 나 또한 그런 이야기를 재미있게 보고 자란 독자다.

초월적 존재의 이야기가 주는 카타르시스가 있다. 영웅이 위기에 빠졌다가, 힘겹게 이겨내고, 더 센 적이 나타나서 또 위기에 빠졌다가, 역시 이겨내고, 그런 과정에서 점점 강해지는 이야기. 하지만 갑자기 이런 생각이 들 때가 있다. 이 사람과 나는 대화가 통할까? 그럴 일이 없다는 걸 알지만, 그래도?

『헌터×헌터』의 곤에게 내 고민을 털어놓는다는 상상을 해보자. 그는 이렇게 말하겠지. "이모, 그런 쓸데없는 생각은 그만하고, 다시 일어서서 그냥 열심히 하면 되잖아." 까만 눈동자의 곤 앞에서 나는 스스로를 더 작고 한심하게 느낄 것이다. 할 말이 없어진 나는 "그래… 곤 말이 다 맞아…" 하고 억지로 일어나겠지만 기운은 여전히 하나도 없을 것이다. 나는 곤 같은 영웅이 아니니까. 역시 손오공 옆에서 계속 버티는 크리링을 무시할 게 아니었다.

오사카 나오미의 눈은 서늘하다. 그는 1997년생이고, 테니스 선수이고, 이미 그랜드슬램을 달성했다. 그랜드슬램이 정확히 뭘 뜻하는지 궁금해서 이번 기회에 찾아보니, 무려 '한 해에 4대 메이저 대회를 모두 석권하는 일'이라고 한다. 한 해에 윔블던, 유에스(US) 오픈, 호주 오픈, 프랑스 오픈 대회에서 전부 우승하는 것이다. 오사카 나오미의 경력을 조금 더 적어보자면, 그는 여성 테니스 역사에서 랭킹 1위를 한 첫 번째 아시아 선수이고(그는 일본인 어머니와 아이티인 아버지를 두었고 세 살부터 미국에서 거주했다), 2020년 기준으로 지구의 모든 운동선수

중 소득이 여덟 번째로 높았고, 역사상 연간 소득이 가장 높았던 여성 운동선수다. 참고로 그의 서브 속도는 시속 201킬로미터이다.

사실은 그를 이렇게 설명하고 싶지 않다. 나도 『어린 왕자』에 나오는 이야기처럼 그의 집 지붕 색깔은 무엇인지, 창틀은 어떻게 꾸며져 있는지, 그런 이야기를 하고 싶다. 하지만 다큐멘터리에서 본 그의 집은 참으로 모던한 LA의 대저택이어서 커다란 통창에 보라색 팬지꽃 화분을 둘 자리는 없어 보였다. 거실은 휑했고 가운데에 아주 커다란 트로피가 있었다. 오사카 나오미는 그 집에서 불면에 시달린다. 서늘한 눈으로.

대부분의 테니스 선수에게 유에스 오픈 대회는 출전 자체가 영광이다. 하지만 오사카 나오미의 경우, 출전은 당연하고, 우승을 하지 못하면 실패로 취급된다. 스스로도 그렇게 생각하고, 그를 둘러싼 외부 세계도 그렇다. 넷플릭스의 다큐멘터리 〈오사카 나오미: 정상에 서서〉(2021)에서 오사카 나오미는 덤덤하게 말한다. "나는 시합에 나가면 날 로봇이라고 생각해요", "나는 모두의 부단한 노력을 구현하는 도구입니다". 심지어 그런 스스로를 불쌍해하지도, 갸륵해하지도 않는다. 이 97년생은 그냥 아는 것이다. 현재 자신이 어떤 것을 요구받고 있고, 그 기준선이 얼마나 높은지. 세계 최고의 자리를 지키려면 얼마나 많은 연습량과 정신 소모가 필요한지. 스포츠비즈니스의 세계가 얼마나 잔혹한지.

그는 자신이 수많은 사람들의 롤 모델인 것도 알고 있다. 아이들은 오사카 나오미의 포스터를 방에 붙여두고 그 아래에서 잠이 든다. 그런 시간을 겪으면 누군가는 우쭐해하고 누군가는 절망한다. 오사카 나오미의 어머니는 이민자였고, 일이 너무 많아 차에서 잠을 자기도 했다. 어린 오사카 나오미는 '엄마가 일을 하지 않았으면 좋겠다'고 생각하며 하루에 8시간씩 연습을 했다. 이제 어머니는 더 이상 일을 하지 않는다. 하지만 그는 멈출 수 없다. 오사카 나오미는 나이키의 얼굴이니까.

가끔 사람들은 누군가가 엄청난 부와 명예를 갖고 있다는 이유로 그를 잔인하게 대하기도 한다. 그래야 세계의 평형이 맞는다고 생각하는지도 모르겠다. 테니스 선수는 경기가 끝나면 무조건 기자회견을 한다. 그리고 이런 질문을 받는다. "패배할 때의 기분은 어땠나요?", "당신이 왜 패배했다고 생각하나요?" 대중은 절대적 존재이고 기자는 그런 대중의 대리인이다.

2021년, 오사카 나오미는 프랑스 오픈 대회에서 기자회견을 거부했다. 선수로서 경기에 집중하기 위해 내린 결정이었다. 협회는 크게 반발했다. 그들은 오사카 나오미에게 1만 5천 달러의 벌금을 부과했고, 공동성명을 통해 그가 앞으로 의무를 다하지 않으면 더 많은 벌금을 부과할 것이라고, 경기 출전 금지 등의 징계를 내릴 것이라고 경고했다.

새로운 세대는 정신력이 약하다는 말을 자주 들었다. 그리스시대에도 이미 있던 말일 테고 선사시대 동굴 벽화에도 적혀 있을 것이다. 하지만 시대의 특성이라는 것도 분명 존재한다. 20세기의 영웅, 『드래곤볼』의 손오공은 악당 셀이 진화를 할 때 "어, 이거 심각한 것 같은데. 아무래도 전 빠지겠습니다" 하지 않았다. 그는 최악의 상황에 슈퍼사이어인으로 진화하여 셀을 무찔렀다. '안 되면 되게 하라'는 20세기의 중심 테마 중 하나였다.

21세기는 우리 모두 처음이다. 지금은 초등학생도 인스타그램을 한다. 철없는 마음에 찍은 사진이 박제당해 영원히 남기도 한다. 사이버불링이라는 개념은 20세기에 존재하지 않았다. 새로운 시대의 사람들이 겪어야 할 소문의 무게와 넓이는 예전과 완전히 다르다. 아이들은 인류가 처음 겪어보는 종류의 스트레스를 겪고 있다. 후기 자본주의는 더욱 잔혹해졌다. 아이들은 열심히 해도 보장되는 것이 극히 적다는 것을 알게 되었다. 지나치게 열심히 하면 망가질 수 있다는 것도 알게 되었다. 세상에 안전망이 없다는 것도 알게 되었다. 그런 아이들 앞에서 '정신력'이라는 단어를 쉽게 입에 올려도 될까.

오사카 나오미는 최근 자신의 우울증에 대해 고백했다. 우울증이 있는 그는 나약한 사람일까. 미국에서 인종차별 반대 시위가 일어나던 2020년, 그는 유에스 오픈 경기에 검은 마스크를 쓰고 나왔다. 마스크에는 시위 희생자의 이름이 적혀 있었다. 당시 농구 경기나 미식축구 경기에 검은 마스크를 쓰고 나온 선수들이 있었다. 여럿이 모이면 마음이 강해진다. 어쩌면 팀 스포츠여서 용기를 내기 조금 더 쉬

웠을지도 모른다. 하지만 테니스는 개인 종목이기에 오사카 나오미는 코트 위에서 철저히 혼자였다. 그는 출전한 경기에서 전부 이겼다. 그래서 준비했던 일곱 개의, 각각 다른 희생자의 이름이 적힌 마스크를 전부 쓸 수 있었다. 내가 생각하는 21세기의 영웅의 모습은 이렇다. 흔들리고, 고민하고, 때때로 무너져도, 계속 달려가는 사람.

앞에 서는 사람에게 일어나는 일

어쩌다 마블 시리즈를 전부 보았다. 이러려고 한 건 아닌데. 2008년에 〈아이언맨〉 1편이 나올 때는 분명 이런 분위기가 아니었다. 교도소에 참 오래 머물렀던 배우 로버트 다우니 주니어가 심장에 용광로를 박은 성격 나쁜 히어로 역할을 맡았는데, 감독은 그 웃긴 크리스마스 영화 〈엘프〉의 존 파브로라고? 와하하 깔깔깔 영화겠구나. 하지만 어느샌가 그 시리즈는 지구촌의 축제가 되어버렸다.

〈아이언맨〉 1편은 큰 성공을 거두었고, 곧 2편이 나왔다. 이때 스칼렛 요한슨이 처음 등장했다. 스칼렛 요한슨은 이미 최고였다. 그는 영화 〈사랑도 통역이 되나요?〉로 19세에 바프타(BAFTA, 영국 아카데미) 여우주연상을 탔다. 그 후 일일이 거론하기 힘들 정도로 많은 작품에 출연했고 대단한 연기를 보여주었다. 인기 또한 엄청났고 상도 많이 탔다. 그리고 2010년, 그는 마블 세계관의 블랙 위도우, 나타샤 로마노프가 되었다.

〈아이언맨 2〉를 돌아보면 새삼 웃음이 난다. 좋은 웃음은 아니다. 블랙 위도우가 진지하게 전투를 하는데 얼굴 아래로 하얗게 가슴골이 보인다. 전투 중에 블랙 위도우는 하이힐을 신고 뛴다. 허리를 바짝 조이고 가슴은 한껏 부풀린 호피 무늬 옷을 입고 나오기도 한다. 인터넷의 영화평에는 이런 말이 적혀 있다. "스칼렛은 허리가 한 줌이네요. 잘 봤습니다." 영웅에게는 전리품이 되어줄 화끈한 이성이 필요하다. 스칼렛 요한슨은 어릴 때부터 영화업계에 있었으니 남자 영웅이 주인공인 영화에서 자신의 캐릭터를 어떻게 다룰지 짐작했을 것이다.

마블 시리즈는 승승장구한다. 시리즈가 계속 제작되면서 핵심 캐릭터인 블랙 위도우도 여덟 번 출연했다. 그동안 아이언맨의 솔로 영화는 세 편, 캡틴 아메리카는 세 편, 토르조차(오해마시길, 토르 좋아한다) 세 편이 나왔다. 반면, 블랙 위도우의 솔로 영화는 첫 등장 이후 11년 뒤, 2021년에 나왔다. 조금 이상하지 않은가. 시리즈 초기에 캡틴 아메리카와 토르를 맡은 배우가 신인에 가까웠던 점, 그들에 비해 훨씬 높았던 스칼렛 요한슨의 인지도와 경력 등을 생각하면 더더욱 그렇다. 허리를 한 줌으로 조이고 가슴을 부풀리며 하이힐을 신고 뛰면서 배우 스칼렛 요한슨은 무슨 생각을 했을까.

블랙 위도우의 굉장한 점은 그에게 슈퍼파워가 없다는 것이다. 특수한 주사를 맞지도 않았고, 신의 자식도 아니다. 그저 뛰어난 무술 실력과 두뇌, 침착한 판단력만으로 지구를 지키는 것이다. 굉장하지 않은가? 무적 방패도 없고 손을 뻗으면 돌아오는 신의 망치도 없이, 손에서 레이저빔도, 거미줄도 나오지 않는데 어벤져스와 대등하게 전투를 한다. 그런 와중에 자기 잘났다고 하는 동료 영웅들을 계속 돌본다(으악 감정노동!). 하지만 어떤 사람들은 이렇게 말한다. 블랙 위도우는 약하잖아, 안 멋있잖아, 썸이나 타잖아. 근데 이번에 썸 타는 남자 바뀌었더라? 동료인 캡틴 아메리카 역의 크리스 에반스와 호크아이 역의 제레미 레너는 2015년 공식 인터뷰에서 블랙 위도우를 "slut, complete whore"라고 불렀다. 굳이 번역하자면 '완전 쌍년' 정도겠다. 스칼렛 요한슨은 최근 인터뷰에서 과거의 상황에 대해 말했다. 〈아이언맨 2〉에는 스스로를 '고기 한 조각'처럼 느끼게 하는 대사가 있었다고 한다.

이 모든 고난을 뚫고 영화 〈블랙 위도우〉가 세상에 나왔다. 주인공을 맡은 스칼렛 요한슨이 직접 제작자로 참여했고 여성 감독 케이트 쇼트랜드가 연출을 맡았다. 그들이 만든 제작비 2천억 원짜리 영화는 통쾌한 마블 블록버스터면서 동시에 나 같은 사람에게는 머리가 아프도록 눈물이 나는 영화였다.

흔한 표현이지만 아는 만큼 보인다는 말이 있다. 같은 하늘 아래 사는 사람들이라고 해도 살아온 경험이 다르고, 사회가 자신을 대하는 온도가 다르다. '핍박'이라는 말을 단어로만 알고 있는 사람이 있는 한편, 핍박이라는 단어가 인생에 새겨진 사람도 있을 것이다. 둘에게는 같은 이야기도 다르게 읽힌다. 내 눈에 영화 〈블랙 위도우〉는 자아가 비대하고 추한 특정 성별의 중년이 어떻게 세상을 망가뜨리는지에 대한 이야기이자 그가 물건으로 사용하던 희생자가 살아남아서 어떻게 스스로를 구하고 다른 피해자들을 구하는지에 대한 이야기로 보였다. 그리고 한심한 집을 탈출해 바깥세상 나가서 영웅 소리들으며 산다고 동생에게 비난받는 장녀 서사이자, 자기 행복만 생각하면서 소소히 살아도 되는데 타인과 세상을 위해 불구덩이에 들어가는 초인의 이야기였다.

〈블랙 위도우〉에는 세 명의 '위도우' 요원이 있다. 엄마 멜리나(레이첼 와이즈)와 두 딸, 나타샤(스칼렛 요한슨) 그리고 옐레나(플로렌스 퓨)다. 엄마 멜리나는 이렇게 말한다. 나는 쳇바퀴 안에서 태어난 쥐라서 그 쳇바퀴를 빠져나올 수 없다고, 시스템 안에서 살아갈 수밖에 없다고. 장녀 나타샤는 엄마에게 이렇게 말한다. 쳇바퀴 안에서 태어난 건 당신의 잘못이 아니라고, 무엇보다 당신은 쥐가 아니라고.

막내 옐레나는 쳇바퀴를 다 부숴버리고 싶지만 방법도 모르고 무기를 조달할 능력도 없다. 하지만 무기가 생겼을 때, 옐레나는 누구보다도 과감하게 부술 수 있다. 세상에는 부수는 사람도 있어야 하고, 재건하는 사람도, 지키는 사람도 있어야 한다.

그들이 학대받았던 '레드룸'에는 아직도 고통받

는 어린 위도우 여성들이 있다. 그들을 구할 수 있는 해독약은 엄마 멜리나 세대의 요원이 만들어둔 것이다. 멀리 보는 사람이 할 수 있는 일이 있고, 가까이 보는 사람이 할 수 있는 일이 있다. 그리고 중간을 잇는 사람이 할 수 있는 일이 있다.

나는 나타샤가 아직 세뇌에서 풀리지 않은 어린 위도우들에게 흠씬 두들겨 맞는 장면에서 펑펑 울었다. 나타샤는 그들을 최대한 공격하지 않으려고 한다. 그들은 예전의 나타샤다. 하지만 아직 해독제를 맞지 않은 여성들에게 나타샤는 그저 적일 뿐이다. 나는 영화 밖에서도 그런 장면을 많이 보았다. 피해자는 또 다른 피해자를 공격한다. 그 뒤에서 가해자는 편안하게 위스키를 마시고 담배를 피우면서 피해자들을 비웃는다. 아주 안전한 곳에서.

나타샤는 영화 〈블랙 위도우〉에서 처음으로 누구와도 썸을 타지 않는다. 그는 편한 운동화를 신고 헐렁한 후디를 입고 혼자 시장에 가고 혼자 영화를 본다. 그가 혼자 시간을 보내는 장면은 마블 시리즈 내내 한 번도 나오지 않았다고 한다. 블랙 위도우는 마지막 영화에서야 누군가에게 욕망되지 않아도 존재할 수 있게 되었다. 영화는 시대를 반영한다. 어떤 집단에서 여성의 존재를 누군가의 썸 상대로만 취급하는 일은 현실에도 많다. 일터에서도 그렇다. 이런 농담을 들은 적이 있다. "여자는 다 형수님 아니면 제수씨잖아." 나는 스칼렛 요한슨과 케이트 쇼트랜드의 인터뷰를 가능한 한 전부 찾아보고 그들이 무슨 마음을 이 영화에 담고 싶었는지 조금 알게 되었다. 그들의 회의 시간을 상상해보면 재미있다. "야, 다 치워. 무조건 블랙 위도우 혼자 있게 해. 집에서 혼자 영화 볼 때가 제일 맘 편해."

블랙 위도우라는 캐릭터의 마지막 영화를 직접 제작하여 멋지게 마무리 지은 배우 스칼렛 요한슨과 이 영화는 '미투에 대한 이야기'라고 밝힌 감독 케이트 쇼트랜드에게 감사의 박수를 보낸다.

어떤 선택과 어떤 무게와
어떤 혐오에 대하여

3월 8일은 세계 여성의 날이다. 매년 3월 8일에는 다양한 반응을 본다. 왜 남성의 날은 없냐고 따지는 사람부터 '모든 여성을 사랑하고 찬미합니다!'류의 메시지를 보내며 이미지를 포장하려는 대기업까지. 전자에게는 더 이상 설명을 해줄 기력이 남지 않았고 후자의 경우엔 진짜로 그런 마음인지, 현재 그 기업의 여성 고용 비율은 어떤지, 여성 임원은 얼마나 있는지, 이런 것들이 궁금해진다. 엘리베이터가 처음 만들어진 날! 이런 것까지 기념하면서 세계 여성의 날은 기념하지 않는, 한국에서 제일 큰 포털사이트에 대해 생각하게 된다(2022년부터 그 포털사이트도 여성의 날을 기념하기 시작했다).

역사적 사실과 데이터로 많은 것을 읽을 수 있다. 세계 여성의 날은 1908년 미국에서 시작되었다.

당시 미국의 여성 노동자들은 더 나은 노동환경과 참정권을 요구하는 시위를 열었고 그 흐름은 유럽으로 퍼져나갔다. 여성이 참정권, 그러니까 투표를 할 수 있는 권리를 갖게 된 것은 미국의 경우 1920년, 영국은 1928년, 프랑스는 1946년이었다(참고로 미국의 남성 흑인 노예는 1870년에 참정권을 가졌다). 스위스는 비틀스가 해체한 이듬해인 1971년에 여성에게 참정권을 부여했다. 사우디아라비아는 2015년이었다. 한국은 1948년이었으니 빠른 쪽일지도 모르겠다. 이런 사실을 적다 보면 머릿속에서 말이 들린다. "그러니까 지금은 참정권이 있는 거잖아. 옛날 여자들이 희생했다는 건 알겠어. 근데 네가 무슨 차별을 받았어? 이런 얘기를 자꾸 왜 해? 굳이 편을 갈라서 뭐가 좋아?" 나는 기운이 빠진다. 어떤 사람들은 빤히 보이는 것이 보이지 않는다고 한다. 그럼 0에서부터 다시 시작해야 한다. 현재를 보아야 미래로 넘어갈 수 있다. 나는 이제 보이는 것들 너머의 것에 대해 이야기하고 싶다.

하여튼 그런 세계 여성의 날이다. 임파워링, 에너지, 영감, 그런 단어를 떠올리고 싶었지만 그러지 못했다. 너무 많은 사람들이 죽었기 때문이다. 2021년 2월 8일, 극작가 이은용이 죽음을 택했고, 3월 3일에는 변희수 하사가 같은 길을 택했다. 그리고 언론에 나오지 않은, 내가 모르는 죽음도 많았을 것이다. 사람은 왜 죽음을 택할까. 죽은 사람은 말이 없고 나는 한낱 인간이라 마음속을 알 수 없다. 하지만 생각해야 한다. 그들은 왜 죽었고, 나는 언제 죽고 싶어지는지에 대해. 그들은 모두 트랜스젠더였다.

변희수 하사는 어릴 때부터 군인이 되는 것이 꿈이었다. 2017년에 하사가 되었다. 군에서는 탱크를 몰았다. 유일하게 A등급을 받았다고 했다. 그게 무슨 뜻인지 나는 정확하게 모르지만 유능한 군인이라는 뜻일 것이다. 그녀는 젠더 디스포리아(성별 불쾌감)로 우울증을 앓았고 그것을 해결하기 위해 수술을 받았다. 2019년 11월의 일이었다. 함께 일하는 소속 부대원들은 응원해주었다. 그리고 2020년 1월, 강제 전역을 당했다. 군의 사유는 '심신장애 3급'. 육군은 그가 전투력을 잃었다고 판단했다. 정체성을 찾기 위한 여정을 장애로 분류한 것이다. 유엔은 군의 조치가 국제인권법을 위반했다고 지적했지만, 군은 답하지 않았다.

　나는 그녀가 정말 대단하다고 생각했다. 우울의
이유를 직시하고, 어떤 길로 가야 더 나다워질 수 있
는지, 더 행복해질 수 있을지를 고민했고 용기 있게
실천하였다. 자신의 직업에 자부심이 있었으며 긍지
를 지켜나가고 싶어 했다. 그리고 그 사실을 공개함
으로써 사회가 변화할 수 있는 기회를 만들어냈다.
그녀의 인터뷰에 인상 깊은 말이 있었다. 앞에 나서
서 싸우는 것에 두려움은 없느냐는 기자의 질문에
그녀는 이렇게 대답했다. "기갑의 돌파력으로 그런
차별을 없애버리고 살 수 있습니다. 하하." 기갑의
돌파력이라니. 이 사람은 정말 군인이구나. 2020년
3월의 인터뷰였다.

　아이콘이 된다는 건 무서운 일이다. 이름과 얼
굴을 내놓고 신념을 드러내는 것은 정말로 무서운
일이다. 그녀를 대단하고 강한 사람이라고 생각한
것은 어쩌면 내 욕심이었는지도 모르겠다. 세상에
는 특출나게 대단하고 용기 있는 사람들이 존재하
고, 그런 사람들이 나서주는 덕에 세상이 바뀐다고,
그리고 그런 사람들은 강하니까 상처도 덜 받을 것

이라고 믿고 싶었던 것이다. 정정하겠다. 그녀는 대단하고 강한 사람이 맞다. 그런데 그런 사람이라고 해서 어떤 말이든, 어떤 상황이든 괜찮을 리가 없다. 그렇게 생각해야 지켜보는 내가 마음이 편할 뿐이다. 그리고 그녀의 부고를 들었다. '기갑의 돌파력'이라는 단어를 말하고 웃음을 보인 지 1년 만이었다.

사람은 탱크가 아닌데, 기갑의 돌파력을 어떻게 가지겠는가. 그녀는 스물세 살이었다. 뒤늦게 한 기사를 보았다. 그녀는 이렇게 말했다고 한다. "할 일이 없다는 사실이 괴롭게 느껴지고, 일자리가 안 구해져 조바심이 날 것 같다." 코로나 시국의 트랜스젠더. 아이콘이 되어버린 사람의 그림자. 나중에 안 사실이지만 그녀는 3개월 전에 극단적 선택을 이미 시도했다고 한다.

극작가 이은용의 첫 작품 〈우리는 농담이(아니)야〉는 2020년 한국연극평론가협회 선정 '올해의 연극 베스트 3'를 수상했다. 2020년 12월의 일이었다. 2020년 동아연극상의 작품상도 받았다. 2021년 1월의 일이었다. 이은용 작가는 수상 소감으로 "생존하는 트랜스젠더 작가로서 이 작품을 할 수 있어 영광"이라고 말했다. 다시 보니 '생존하는'이라는 단어가 마음에 걸리지만 당시에는 봐도 몰랐을 것이다. 수상 경력을 나열하는 것이 '이렇게 대단한 사람이 죽다니' 하고 추모받아 마땅한 사람과 아닌 사람의 가치를 정하는 듯 보일 수도 있겠다. 그런 의도는 아니다. 단지 첫 작품으로 큰 상을 두 개나 탄 작가가 그다음 달에 죽음을 택한 마음을 감히 짐작해보니 너무 슬퍼서다.

예전에 "죽을 용기가 있으면 그 힘으로 열심히 살지"라는 말을 들은 적이 있다. 나는 그 말이 틀렸다고 생각한다. 용기가 있어서 죽는 게 아니다. 그만 얻어맞고 싶어서, 이제 다 그만두고 싶어서 내려놓는 것이라고 생각한다. 어떤 사람에게 인생이란, 길 한가운데에 샌드백처럼 서 있는 것이 아닐까. 그러다가 어느 순간 '아, 이제 이 자리에 그만 서 있자' 하는 마음이 드는 것이 아닐까. 성소수자만의 문제가 아니다. 통계에 따르면 2020년 상반기 이십대 여성 자살률이 전년 대비 43퍼센트 증가했다고 한다. 촘촘한 혐오 속에서 사람들이 죽어간다.

2019년 안철수 국민의당 대표는 '퀴어 퍼레이드

를 보지 않을 권리'에 대해서 공개적으로 말했다. 숨이 턱 막혔다. 누군가가 나를 보지 않을 권리에 대해 말한다면, 나는 드러나면 안 되는 사람이라고 말한다면 어떻게 해야 할까. 나는 변희수가, 이은용이 죽지 않길 바랐지만 나에게는 그들에게 삶의 무게를 계속 견디라고 주문할 권리가 없다. 상상해본다. 변희수가 다시 탱크를 몰고, 그 안에 에어컨이 없어 너무 덥다고 불평을 하는 상상. 이은용이 다음 작품을 고민하고, 그 고민 끝에 새 작품을 발표하는 상상. 그랬으면 좋았을까. 지켜보는 사람의 욕심일까.

명복을 빕니다.

아이의 손을 잡고 지뢰밭을 바라보다

나이를 먹은 슈퍼히어로는 어디로 갈까. 어떤 삶을 살까. 교외의 소박한 집에 살며 주변의 존경을 받으며 조용하게 살다 죽을까. 아니면 인지도와 인기, 지금까지의 공적을 토대로 정계에 진출하여 정치인이 될까. 아니면 슈퍼히어로 연금이 들어오는 매월 25일만을 기다리며 시간을 죽일까. PTSD로 고생을 할까. 그 모든 것의 믹스일까. 잘 모르겠지만 아마 슈퍼히어로가 은퇴한 이후의 삶을 그린 영화는 원래의 슈퍼히어로 영화보다 흥행이 안 될 것 같다. 시원하고 통쾌하고 빵빵 터져서 집에 오는 길에 개운한 마음으로 "아 재미있었다!" 할 수 있는 내용은 아닐 테니까.

엑스맨 시리즈는 한 편밖에 보지 못했다. 시리

즈물이 그렇지 않은가. '언젠가 각 잡고 시작해야지'
하는 마음은 분명 있는데, 그 마음보다 새 시리즈가
나오는 속도가 빨라서 정신을 차려보면 막 다섯 편
을 내리 봐야 하는데, 그 와중에 평행 세계가 있고,
코믹스가 있고…. 그렇게 우물쭈물하던 차에 엑스맨
시리즈를 17년간 이끌었던 휴 잭맨, 그러니까 울버
린이 〈로건〉(2017)이라는 영화로 시리즈에서 은퇴
한다는 소식을 들었다. 능력을 잃어가는 울버린, 즉
로건이 한 소녀를 만나서 남은 생을 거는 내용이라
니 이건 안 볼 수가 없다. 그렇게 나는 영웅 울버린
의 시작, 영웅 울버린의 중간도 모른 채 갑자기 영웅
울버린의 마지막을 보게 되었다.

영화는 술에 절어 사는 로건이 동네 양아치들에
게 얻어맞는 장면으로 시작한다. 그는 현재 하루 벌
어 하루 사는 리무진 운전사로, 돈을 모아 요트를 사
서 바다 한가운데로 가는 것이 남은 인생의 목표다.
낚시나 다이빙을 좋아해서가 아니고 긴급하게 인간
이 없는 곳으로 가야 하기 때문이다(이유는 뒤에 나
온다). 세상을 함께 구하던 돌연변이 동료들은 이제
없다. 새로운 돌연변이도 태어나지 않는다. 로건이

먹여 살려야 할 인물이 둘 있는데 한 명은 조력자 칼리반, 그리고 또 한 명은 프로페서X다. 모르는 분들을 위해 프로페서X에 대해 잠시 얘기하자면, 그는 엑스맨의 설립자이자 지도자였고, 정신 조종이 가능해서 한때 '세상에서 가장 위험한 두뇌를 가진 사람'이라 불렸다. 지금은 그 두뇌를 가진 채로 발작을 일으켜서 주변을 위험하게 만드는 치매 노인이다. 그래서 로건이 요트를 사야 하는 것이다. 인간 세상에서 뚝 떨어진 바다 한가운데로 떠나야 민폐가 되지 않기 때문에. 의료보험도 없는 로건은 뒷돈을 주고 약을 구해서 사막 한가운데로 달려간다. 프로페서X가 녹슨 물탱크 안에서 살고 있기 때문이다. 심지어 영감은 고집이 세서 순순히 약을 먹지도 않는다….

여하튼 그래서 로건은 돈이 필요하다. 많이 필요하다. 하소연을 할 상대도, 아쉬운 소리를 꺼내볼 친구도 없다. 사랑하던 존재는 다 죽었다. 세상을 구했다는 사실에 취할 수도 없다. 그건 동시에 많은 생명을 구하지 못했거나 또는 죽였다는 사실로 이어지기 때문이다. 그래서인지 술을 계속 마신다. 당연히 몸 상태는 엉망이다. 히어로의 몸이 아니다. 멍하게 하루를 반복한다. 리무진 뒷자리에 탄 십대들이 조롱을 한다. 울컥하지도 않는 로건을 보니 내 목구멍이 까끌해진다. 이 까끌함은 쉽게 해결되는 것이 아니다. 왜냐하면 알고 있기 때문이다. 목은 계속 탈 것이고, 물은 앞으로도 없다는 것을. 언젠가 달콤하고 차가운 물을 원 없이 마실 수 있겠지, 라는 희망 없이 사막을 계속 걸어야 하는 어른의 삶.

그런 까끌한 인생에 돌연변이 여자아이 로라가 나타나고, 로건은 그 아이를 보자마자 딱 싫다. 로건 입장에서 보면 이렇다. 지금 막 만난 돌연변이 애가, 갑자기 자기를 저 멀리 북쪽에 있다는 꿈의 땅에 데려가달라고 하는데 좋을 리가. 일단 꿈의 땅, 그런 거 없다. 너 같은 아이를 난 모른다. 이제 막 만난 사이 아닌가. 게다가 자신의 배터리 잔량은 3퍼센트. 대체 나한테 뭘 바라는 거야. 하지만 프로페서X는 오랜만에 손주 같은 아이를 보는 마음에 그저 싱글벙글이고, 그렇게 로건, 로라, 프로페서X의 로드무비가 시작되는데…. 〈로건〉은 힘을 잃어가는 영웅과 초능력 할아버지와 차세대 어린이 영웅의 알콩달콩 새콤달콤 로드무비일까? 잠시 그런 생각을 했던 나는 바보였다.

멋있게 산다는 것은 뭘까. 미끈하게 사는 것일

까. 고결하게 사는 것일까. 남들이 인정하는 업적을 이루는 것일까. 나만의 단단한 행복을 많이 모아두는 것일까. 그렇다면 버티는 삶은 어떨까. 그저 그런 하루하루를 이어가는 삶은 어떨까. 자기가 했던 일을 어두운 부분까지 직시하는 삶은 어떨까. 젊은이들은 칙칙하고 멋지지 않다고 생각하려나. 커다란 빛이 있었다면 동시에 그 옆에 커다란 어둠도 있었을 것이다. 어둠이 있었던 자리를 메워버리는 쪽과 들여다보는 쪽, 어느 쪽이 더 멋질까. 영화 〈로건〉 속에서 그들은 고전 서부영화 〈셰인〉을 본다. 영화 속 영화에서 인상적인 대사는 이거다. "사람을 죽이면 고통 속에서 살게 돼. 되돌릴 방법은 없어. 그게 옳든 그르든 낙인이 되어 지워지지 않지."

〈로건〉은 목이 뎅겅뎅겅 썰리는 19금 액션영화다. 액션신은 처절하다. 호쾌한 타격감, 이런 표현이 낄 틈이 없다. 내가 죽지 않기 위해 누군가를 죽여야 하는 상황의 괴로움이 전해진다. 그런데 피가 줄줄 흐르는 장면보다도 나에겐 '좌표'에 대한 이야기가 훨씬 잔인했다.

로라가 꼬깃꼬깃 쥐고 있다가 로건에게 건넨 종

이, 거기엔 좌표가 하나 적혀 있다. 그곳은 돌연변이 아이들이 안전하게 지낼 수 있는 꿈의 땅, '에덴'의 주소다. 영화 초반에 이미 로건은 알아차린다. 그 좌표는 만화에 나오는 설정, 그러니까 만화가 그냥 임의로 적어둔 숫자라는 것을. 그러나 아이는 굳게 믿고 있다. 진짜 꿈의 땅의 주소라고. 그것 하나만을 믿고 버티고 있는 것이다. 하지만 로건은 어른이고, 그래서 알고 있다. 꿈의 땅은 없다고.

길게 살아본 것도 아니고, 별 지혜도 없는 나지만 어렴풋이 알고 있는 것이 있다. 그중 하나는 세상에 지뢰가 가득하다는 것이다. 그건 악한 누군가가 한순간에 만든 것도 아니고 어쩌면 원래 그런 세팅일지도 모른다. 그렇다면, 앞으로 나아가는 아이를 봤을 때 어떻게 할 것인가. 지뢰가 있으니 가지 마! 하고 소리를 지를 것인가. 네 지뢰 네가 밟든가, 하고 내버려둘 것인가. 내 발밑의 지뢰에나 당하지 않으려고 노력할 것인가. 로건은 어떻게 하느냐면, 아이의 면전에 소리를 지른다. "그건 만화야! 꿈의 땅은 없어!" 그래놓고 그곳에 데려다준다. 그래서 영웅인가 보다.

어렵게 도착한, 그 숫자뿐인 땅에는 놀랍게도 돌연변이 아이들이 모여 있었다. 허허벌판에서 새로운 희망이 시작되고 있었다. 시작은 허구였어도 사람들이 믿으면, 뜻이 하나로 모이면 진짜가 된다. 새 희망 앞에는 새로운 고난이 있겠지만 그렇다고 희망의 의미가 퇴색되는 것은 아니다.

아이들은 작은 종이를 쥐고 지뢰밭에 뛰어든다. 어설픈 어른인 나는 무엇을 할 수 있을까. 적어도 "거기 내가 지뢰 있다고 했잖아" 하고 혀는 차지 말아야 할 텐데. 조금 더 나아갈 수 있다면, 상황이 된다면, 짧은 구간이라도 운전사가 될 수 있다면 좋겠다. 나는 면허가 없지만 여하튼 마음은 그렇다는 것이다. 나는 아마도 모르는 새에 수많은 사람의 차를 얻어 타고 여기에 왔을 것이다. 지금도 타고 있을지도 모른다. 세상은 공짜로 바뀌지 않는다. 누군가는 지금도 가시밭길을 걷는다. 지뢰가 터진다. 우리는 같은 땅에 서 있다. 희망이 아주 작다는 것을 알면서도 사막을 계속 걷는 사람들을 존경한다.

마음이 하는 일

초판 1쇄   2022년 5월 30일
초판 2쇄   2022년 6월 30일

지은이   오지은
편집   조형희, 이재현, 조소정
제작   세걸음
펴낸곳   위고
출판등록   2012년 10월 29일 제406-2012-000115호
주소   10881 경기도 파주시 회동길 290 206-제5호
전화   031-946-9276
팩스   031-946-9277
이메일   hugo@hugobooks.co.kr

ISBN 979-11-86602-83-6 03810